William Shakespeare

Muito barulho por nada

Tradução e adaptação em português de

Leonardo Chianca

Ilustrações de

Cecília Iwashita

Gerente editorial
Sâmia Rios
Editor
Ângelo Alexandref Stefanovits
Assistente editorial
Dulce Seabra
Preparadora
Ana Paula Munhoz Figueiredo
Revisoras
Andréa Vidal de Miranda,
Roberta Vaiano e
Nair Hitomi Kayo
Coordenadora de arte
Maria do Céu Pires Passuello
Diagramadora
Carla Almeida Freire
Programador visual de capa e miolo
Didier Dias de Moraes

editora scipione

Avenida das Nações Unidas, 7221
Pinheiros
São Paulo – SP – CEP 05425-902
Atendimento ao cliente:
(0xx11) 4003-3061
www.aticascipione.com.br
atendimento@aticascipione.com.brr

2018
ISBN 978-85-262-8127-1 – AL
Cód. do livro CL: 737707
CAE: 262128
3.ª EDIÇÃO
7.ª impressão
Impressão e acabamento
Gráfica Paym

Traduzido e adaptado de *Much ado about nothing*, em *The complete works of William Shakespeare*. Garden City/New York: Doubleday, 1968.

Dados Internacionais de Catalogação na Publicação (CIP)
(Câmara Brasileira do Livro, SP, Brasil)

Chianca, Leonardo

Muito barulho por nada / William Shakespeare; adaptação em português de Leonardo Chianca. – São Paulo: Scipione, 2000. (Série Reencontro literatura)

1. Literatura infantojuvenil I. Shakespeare, William, 1564-1616. II. Título. III. Série.

0-2087 CDD-028.5

Índices para catálogo sistemático:
1. Literatura infantojuvenil 028.5
2. Literatura juvenil 028.5

Este livro foi composto em ITC Stone Serif e Frutiger e impresso em papel Offset 75g/m².

SUMÁRIO

QUEM FOI WILLIAM SHAKESPEARE?

Nascido em 1564, em Stratford-upon-Avon, Inglaterra, muito cedo Shakespeare aprendeu, além da língua materna, o grego e o latim, fundamentais na sua época para a leitura de livros, a sua grande paixão. Decifrou a Bíblia ainda criança, assim como leu, com avidez, poemas, novelas e crônicas históricas, de diversos lugares da Europa.

Quando tinha 12 anos, seu pai, o velho John de Stratford, até então abastado e poderoso, viu-se em sérias dificuldades econômicas, obrigando seu jovem filho a trabalhar num abatedouro de animais, onde tinha como tarefas... esquartejar bois e abater carneiros!

Aos 18 anos, porém, a situação do garoto William modificou-se bastante: ele se casou com a filha de um rico agricultor. Com Anne Hathaway teve três filhos, duas meninas e um menino, de nome Hamnet, que morreu precocemente aos 11 anos de idade (bastaria trocar uma letra do nome para formar Hamlet!).

Em 1587, aos 23 anos, Shakespeare partiu sozinho para Londres, não se sabe ao certo por que motivo. Sabe-se, contudo, que daí em diante sua trajetória pessoal ganharia novos rumos. Confiante em seu propósito de entrar para uma companhia teatral, foi trabalhar como guardador de cavalos defronte ao primeiro teatro londrino. De tanto insistir com o proprietário do estabelecimento, acabou conseguindo seu primeiro papel como ator. Pouco tempo depois, passou a adaptar textos alheios para o teatro. Com talento e um pouco de sorte, logo Shakespeare apresentou suas primeiras peças, levando, em 1591, *Henrique VI* aos palcos da capital inglesa.

Até 1600 Shakespeare escreveu alguns dramas históricos e comédias, sendo *Romeu e Julieta* a única tragédia desse período. Em seguida, adveio a chamada "fase sombria"; após alguns infortúnios pessoais (como a morte do pai, por exemplo), escreveu as suas maiores obras, grandes tragédias como *Hamlet*, *Otelo*, *Rei Lear* e *Macbeth*. Ao final de sua vida, voltou a Stratford-upon-Avon, onde faleceu, em 1616, aos 52 anos de idade.

A Inglaterra renascentista é intensamente retratada em sua obra, mesmo nas peças em que a trama se desenvolve em outras terras, como em *Romeu e Julieta* (Verona), *Muito barulho por nada* (Messina), *Otelo, o mouro de Veneza*, *Sonho de uma noite de verão* (Atenas) e *Hamlet, o príncipe da Dinamarca*.

Foi numa Inglaterra em franca transição (fim da Idade Média e fortalecimento da monarquia) e expansão (territorial, econômica) que Shakespeare viveu. Sua obra retrata a paisagem humana de seu tempo, um mundo de cortesãos, de intrigantes e de ambiciosos, de traficantes e de hipócritas, de aventureiros e de traidores, de fanfarrões e de covardes, de fidalgos corruptos e de burgueses gananciosos. Esses personagens ganham vida em sofisticadas tramas, por meio das quais o espectador-leitor desfruta, divertindo-se ou angustiando-se, as suas lutas, suas intrigas, suas alegrias e seus sofrimentos, seus esplendores e suas misérias.

OCEANO ATLÂNTICO

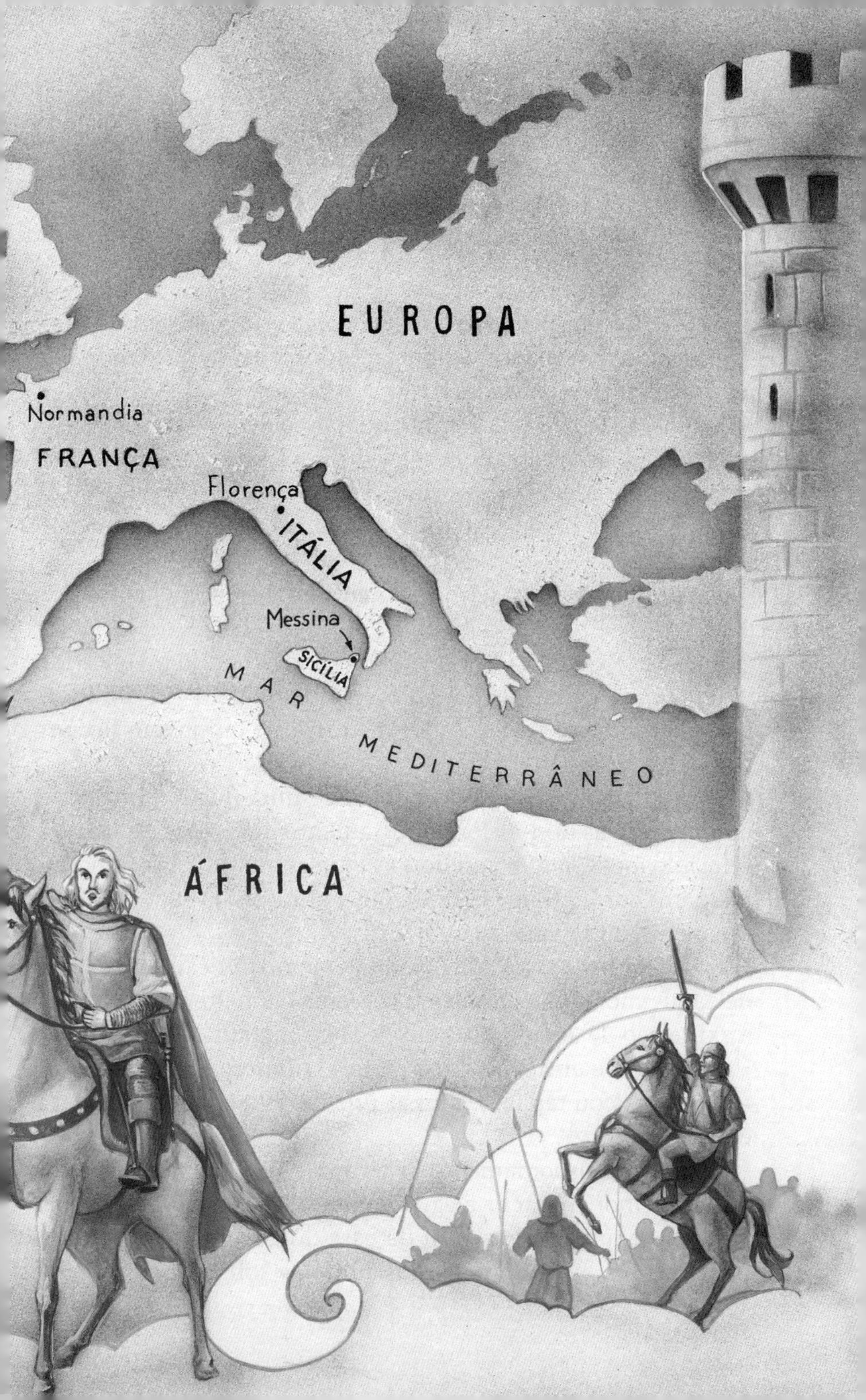

EUROPA

Normandia

FRANÇA

Florença

ITÁLIA

Messina

SICÍLIA

MAR MEDITERRÂNEO

ÁFRICA

1

O mensageiro do rei

– Dom Pedro de Aragão chega esta noite a Messina! – anuncia o governador Leonato, eufórico, assim que começa a ler a carta recém-chegada.

– Já estava muito próximo quando o deixei, senhor. Creio que chegará antes do anoitecer – informa o mensageiro, ainda segurando as rédeas de seu cavalo.

– A carta não diz quantos homens o príncipe perdeu em batalha...

– Muito poucos, senhor. E nenhum de renome, posso lhe assegurar.

– Excelente. A vitória vale por duas quando o vencedor volta com seu contingente completo! Bem, pelo que diz aqui, Dom Pedro concedeu grandes distinções a um jovem florentino...

– É o nobre Cláudio, senhor, de uma ilustre família de Florença... E as honras foram justamente merecidas. Apesar da pouca idade, Cláudio superou as expectativas. Pensavam que fosse um cordeiro, mas lutou como um leão! O senhor certamente ouvirá falar de sua bravura.

– Conheço o jovem Cláudio. Quem vai ficar feliz é o tio dele, que mora aqui em Messina... – diz Leonato, sem perceber a expressão de agrado no rosto de Hero, sua única filha.

– Eu lhe entreguei uma carta – comunica o mensageiro. – O velho ficou tão feliz com as proezas do sobrinho que caiu em pranto.

– É o transbordamento da ternura! – exclama Leonato. – É muito melhor chorar de alegria do que alegrar-se com o choro...

No exuberante jardim da casa do governador Leonato, os presentes ouvem atentos as notícias sobre Dom Pedro e seus homens. É pleno verão na Sicília. Estamos no início de julho de 1282.

Os habitantes da Sicília rebelaram-se contra os normandos, que dominavam a ilha havia dezesseis anos. Carlos d'Anjou governava com mão de ferro, usando o território apenas como ponto de partida para suas conquistas rumo ao Oriente. O movimento, que ficaria conhecido como Vésperas Sicilianas, iniciou-se no final de março, próximo de Palermo, e em poucos dias estendeu-se por toda a ilha. Messina, a cidade mais próxima do continente, sustentou um longo cerco, obrigando Carlos d'Anjou a fugir e a abrir mão da ilha após quase um mês de luta.

Os sicilianos, interessados no apoio oferecido pelo Reino de Aragão, que havia participado das batalhas pela libertação da ilha, aceitaram o príncipe Dom Pedro III como seu monarca.

Dom Pedro faz sua primeira visita a Messina após ter assumido o controle da ilha. Chega de uma batalha em que derrotou seu irmão bastardo, Dom João, que agora o acompanha.

As informações dadas pelo mensageiro a Leonato interessam a muitos. Em particular a uma mulher, Beatriz:

– Por gentileza, sabe me dizer se o senhor Montante voltou da guerra?

O mensageiro, embaraçado com a pergunta, vira-se para o governador como a pedir socorro. Não conhecia nenhum oficial que respondesse por semelhante apelido.

– De quem está falando, minha sobrinha? – quer saber Leonato.

– Com licença, meu pai – interrompe Hero. – Minha prima refere-se ao senhor Benedito de Pádua.

Após a confirmação de que Benedito regressara – e mais feliz do que nunca, segundo o mensageiro –, Beatriz passa a falar alto. Inventa uma história na qual Benedito havia afixado cartazes, por toda a cidade de Messina, desafiando Cupido para uma competição de arco e flecha, a fim de verificar quem atirava a seta a maior distância.

– O único que aceitou a disputa foi o bufão do meu tio – ela diz, apontando o governador, enquanto todos se riem de sua história. – Eu queria saber quantos homens o senhor Benedito matou e devorou nesta guerra... Digo isto porque prometi comer tudo o que ele abatesse – complementa Beatriz, com ironia.

– Creio que dá muita importância ao senhor Benedito, minha sobrinha. Mas não tenho dúvidas de que ele saberá lhe responder à altura.

– Claro, ele é bom de garfo. O comilão deve ter consumido todos os alimentos estragados que carregavam... Tem um estômago admirável!

O mensageiro se intromete para lembrá-los de que, assim como Cláudio, Benedito também prestou grandes serviços naquela guerra.

– Mas ele é um bom soldado, senhora! – contesta o mensageiro.

– Bom soldado para senhoras! Hum... mas, cara a cara com um guerreiro, como ele se comporta?

– Ora, é um guerreiro dotado de grande bravura – responde o mensageiro, tomando as dores do jovem oficial.

– Não tenho dúvida de que seja um homem de grande bravura! – conclui Beatriz, com sarcasmo.

Leonato procura suavizar a atitude da sobrinha. Pede ao mensageiro que não a leve a mal, que ela e Benedito estão sempre guerreando, uma infindável guerra de espíritos.

– É, mas ele vai se dar mal. Usa toda a sua inteligência para manter-se sobre duas patas, já que essa é a única diferença entre ele e seu cavalo!

– Vejo que este senhor não figura entre seus preferidos – observa o mensageiro, enxugando o suor do rosto.

– Claro que não! Se figurasse eu estaria louca!

O mensageiro não acredita nas barbaridades que ouve, na indelicadeza das palavras de Beatriz, no veneno que desfere contra Benedito. Ela lhe pergunta sobre algum companheiro com quem tem andado, já que a fidelidade não é o seu forte. Após muita insistência, o mensageiro revela que nos últimos tempos costuma estar em companhia do nobre Cláudio.

Hero e Beatriz entreolham-se, a primeira feliz e a segunda preocupada:

– Ó céus! Vai agarrar-se a ele como uma praga! É mais contagioso do que a peste. E quem for contaminado em pouco tempo enlouquece... Deus proteja o nobre Cláudio! Se a praga Benedito o contaminou, gastará tudo o que tem para curar-se!

– Quero morrer seu amigo, senhora! – conclui o exausto mensageiro.

– Pois assim sejamos, bom amigo – ela diz, estendendo a mão para firmar sua boa vontade.

– Essa aí nunca vai perder o juízo... – diz o governador em tom paternal.

– Nunca mesmo! A não ser que caia neve no verão! – brinca Beatriz.

– Você não me deixou completar a frase, sobrinha. Não vai perder o juízo porque já o perdeu há tempos! – ele completa, para o riso de todos.

– Olhem lá... – grita o mensageiro. – Dom Pedro vem chegando!!

2

Dom Pedro é recebido pelo governador de Messina

Acompanhado por seus mais nobres e destacados oficiais, entre os quais Cláudio e Benedito, Dom Pedro chega a

Messina. Ao ser recebido no salão nobre da casa do governador, o monarca faz questão de mostrar-se respeitoso, porém informal, revelando seu espírito amistoso e decidido.

– Leonato, meu bom senhor, eu e meus homens viemos complicar seu orçamento...

– A presença de Vossa Alteza jamais será um incômodo para nós, Dom Pedro. Seja bem-vindo a Messina, senhor – congratula Leonato, abraçando o príncipe dos reinos de Aragão e Sicília.

O clima é de satisfação. Todos os presentes – familiares do governador, criados da casa e diversas autoridades de Messina – recebem Dom Pedro e seus homens com prazer. Um rosto sobressai em meio às mulheres: o da amável Hero. Correspondendo ao sorriso do especialíssimo convidado, ela ouve do visitante:

– Esta encantadora donzela é sua filha, Leonato?

– É o que a mãe dela sempre me disse – brinca o anfitrião, viúvo.

– Com licença, senhor – intervém Benedito, em tom bastante sério. – Por acaso tinha alguma dúvida, para ter perguntado?

O constrangimento toma conta do ambiente, tanto entre os companheiros de Benedito como entre as pessoas próximas ao governador. Hero leva as mãos ao rosto, envergonhada. Beatriz sorri, seduzida pela tirada bem-humorada de seu rival, mas, ao mesmo tempo, procurando desprezá-lo. Leonato, entrando no espírito da provocação, retruca:

– Não, *signiore* Benedito de Pádua, nunca tive dúvidas a esse respeito, afinal o senhor era apenas uma criança quando minha Hero foi concebida.

Gargalhada geral. Dom Pedro aplaude a resposta do governador:

– O governador o pegou em cheio, meu caro Benedito! A réplica veio na medida certa do quanto você vale, agora que é um homem feito... – E, voltando-se para Leonato e sua filha: – Não pode haver a menor dúvida: tal pai, tal filha! Desejo-lhe toda a felicidade do mundo, senhora, pois é o retrato de seu honrado pai.

Hero sente-se lisonjeada; Leonato, orgulhoso e agradecido. No entanto, Benedito insiste em prosseguir com seus trocadilhos e comentários inoportunos. Até que Beatriz não se contém e entra na melindrosa conversa:

– Me admira muito, senhor Benedito, que continue com seus gracejos sem graça... Não percebe que ninguém presta atenção no que diz?

– Ah, a senhora Desdém está por aqui... Ainda está viva?

– É o que dizem... Na realidade, até mesmo a senhora Cortesia se converteria em desdém na sua presença.

– É o que pensa... A Cortesia é uma dama e, como todas as mulheres, muda sempre de opinião. A verdade é que sou amado por todas elas, exceto pela senhora, claro – responde Benedito, impetuoso em relação às insinuações de Beatriz. E pondera: – Eu queria tanto ter um coração mais brando... pois, verdadeiramente, não amo nenhuma mulher.

– Mas isso é um grande alívio para todas as damas! Sorte delas... Se não fosse assim, teriam de ser importunadas por um galanteador insuportável! – Beatriz devolve, implácavel, antes de concluir: – Dou graças a Deus por partilhar das mesmas ideias. Prefiro ouvir meu cachorro uivar à lua a ter de aguentar um homem jurando que me ama.

– Deus mantenha sua disposição de espírito: assim os fidalgos escapam de sair com a cara toda arranhada!

– Se for uma cara parecida com a sua, os arranhões não farão muita diferença!

– Meu Deus, você é uma verdadeira matraca!

– Prefiro ser um pássaro com a minha própria língua a ser um quadrúpede com a sua!

– Quem me dera meu cavalo tivesse seu fôlego e a velocidade de sua língua! Mas, pelos céus, se quiser siga sozinha nessa corrida. Eu, por mim, já acabei...

Dando a conversa por encerrada, Benedito vira as costas

para Beatriz. Cumprimenta os companheiros oficiais, gabando-se das próprias tiradas, como se fosse o vencedor de alguma batalha particular. Trata de cuidar de outros assuntos, querendo saber sobre as acomodações de que irá desfrutar, enquanto Beatriz reclama, enfurecida com sua atitude:

– É sempre assim: termina dando patadas e fugindo da raia! Mas ele me paga...

3

A paixão de Cláudio por Hero

Dom Pedro comentou com o governador de Messina que pretendia permanecer na cidade por cerca de um mês e depois retornaria a Aragão. Porém, Leonato insiste que a estada seja prorrogada por mais tempo e Dom Pedro promete pensar melhor no assunto.

Após convidar o príncipe e seus dois prediletos – Cláudio e Benedito – para jantar logo mais ao anoitecer, Leonato dirige-se a Dom João, irmão bastardo de Dom Pedro, oferecendo-lhe todas as regalias que um irmão reconciliado merece. Dom João mostra-se constrangido e dissimulado, revelando a possível falta de franqueza de sua parte.

– Sou de poucas palavras, senhor – ele diz, cabisbaixo. – Mas, de qualquer forma, agradeço a lisonja.

O anfitrião aceita a pouca afabilidade de Dom João e chama o príncipe para acompanhá-lo a percorrer os cômodos de sua casa e sede de governo. É a oportunidade de, enfim, confidenciarem sobre os planos que Dom Pedro de Aragão reservava para o futuro da Sicília.

Enquanto isso, Cláudio e Benedito distanciam-se dos mandatários e de seu séquito, saindo a caminhar pelas alamedas dos jardins defronte ao casarão.

Deslumbrado com a beleza de Hero, Cláudio se derrama em elogios a ela, mas Benedito tenta desqualificá-la:

– Desculpe-me, Cláudio, eu mal a notei... Porém, se quer saber minha opinião sincera, na qualidade, como de costume, de inimigo declarado do belo sexo, digo: a donzela é muito baixinha para um alto elogio, muito morena para um claro elogio e muito insignificante para um significativo elogio...

– Pare com isso, Benedito!

– Calma, deixe-me concluir: penso que, se ela fosse diferente, não seria atraente. Mas, não sendo senão o que é, não gosto dela. É isso.

– Você acha que estou brincando, meu amigo? Queria saber realmente a sua opinião...

– Para quê? Está pensando em comprá-la? Por que tantas perguntas?

– Comprar? Poderia alguém no mundo comprar uma joia como essa? – desabafa Cláudio, com os olhos brilhantes.

Benedito não acredita no que ouve. Como pode seu amigo ter-se apaixonado tão rapidamente?

– O que deu em você, Cláudio?

– É a mulher mais encantadora que meus olhos já viram! – insiste Cláudio.

– Eu não necessito de óculos e não vejo nada do que você viu! A prima sim, se não fosse a fera que é, ganharia disparado em beleza... Espero que não esteja com ideia de virar marido, não?!

– Se Hero quisesse casar-se comigo, nem eu nem ninguém poderia me segurar!

– Não é possível que as pessoas cheguem a esse ponto – desespera-se Benedito, decepcionado. – Não verei jamais um solteirão de sessenta anos?

– Não é preciso exagerar...

– Bem, se está querendo colocar o pescoço na forca, case-se de uma vez e passe os domingos suspirando... Ei, veja quem vem ali: Dom Pedro está atrás de nós!

Dom Pedro alcança seus oficiais. Curioso por saber o que tanto confidenciavam, a ponto de não terem se interessado em conhecer a casa do governador, intima-os:

– Que segredo os deteve aqui fora por tanto tempo? Posso saber?

– Só se eu for obrigado a falar – afirma Benedito, louco para contar tudo o que se passa.

– Pois sim... Em nome do seu juramento de fidelidade, eu exijo que me conte! – ordena Dom Pedro.

– Compreenda, conde Cláudio. Eu sei guardar um segredo, mas estou sendo forçado a revelá-lo... – Feliz da vida, Benedito divulga a novidade: – Ele está apaixonado, senhor! E agora sei que vai me perguntar por quem... E que serei obrigado a responder: está apaixonado por Hero, a pequenina filha de Leonato! Rogo aos céus que eu esteja equivocado!

– A não ser que a minha paixão mude em breve, rogo aos céus que assim seja! – Cláudio confessa seus sentimentos, confirmando as palavras de seu companheiro de armas.

– É uma dama muito digna de ser amada – comenta Dom Pedro, satisfeito com a notícia.

– Está zombando de mim, senhor? – pergunta Cláudio, inseguro.

– De jeito nenhum... Afirmo pela minha honra que digo exatamente o que sinto.

– Eu, por minha fé, digo o que penso, senhor. É que...

– E eu, pelas minhas duas fés e pelas minhas duas honras – interrompe Benedito –, digo o que sinto e o que penso. – Ele brinca com as palavras dos dois, desmerecendo o amor e os apaixonados, assim como as mulheres e seus encantos. – Uma mulher me concebeu e sou-lhe por isso imensamente grato – continua, erguendo as mãos aos céus. – As mulheres que me desculpem, mas prefiro ser um pobre coitado a ser enganado por uma delas! – vocifera. – Como não quero ser injusto com nenhuma, prefiro a segurança de desconfiar de todas. Resumindo, em duas palavras: ficarei solteiro!

– Antes de eu morrer, Benedito, ainda o verei definhando de amores – profetiza Dom Pedro.

– Só se for de cólera ou de fome. De amor, jamais! – reafirma Benedito. – Se um dia meu coração estiver tão mal por amor que não possa recuperar-me com vinho, arranque-me os olhos e pendure-me na porta de um bordel!

– Você vai acabar virando personagem de comédia, Benedito! Mas veremos. Você ainda vai mudar de opinião – completa Dom Pedro.

– Se algum dia isso acontecer ao prudente Benedito – diz de si próprio –, façam um ridículo retrato dele e escrevam abaixo as seguintes palavras: "Este é Benedito, o homem casado!".

– Está bem, está bem... O tempo o dirá. – Dom Pedro pede então a Benedito que entre na casa de Leonato, cumprimente-o e transmita-lhe o recado de que não faltarão à ceia, pois soube do exagero dos preparativos.

– Creio possuir inteligência suficiente para desempenhar tão complexo papel... – ironiza Benedito. Em seguida, curva-se e complementa, como se concluísse uma carta: – Dessa forma, despeço-me dos senhores...

– Com a proteção de Deus. Nesta data... – Cláudio dá prosseguimento à brincadeira.

– ... Aos seis de julho. Do sincero amigo, Benedito – Dom Pedro arremata, em tom solene, vendo Benedito partir.

Aproveitando o breve momento a sós com o príncipe, Cláudio pede-lhe ajuda para que interceda por ele junto à filha única do governador.

– Está mesmo apaixonado por ela, meu caro Cláudio?

– Sim, sim, agora mais decididamente.

– Como assim? – pergunta Dom Pedro.

Cláudio conta que, antes de partir para a última batalha, havia conhecido Hero, mas que, tendo uma rude tarefa a cumprir, a olhara apenas com olhos de soldado, embora ela já o agradasse. Terminada a experiência de guerreiro, ficara-lhe um enorme vazio dentro do peito, que passou a ser ocupado por uma multidão de desejos doces e delicados. Agora percebe como Hero é bela e como já a amava antes mesmo de ir para a guerra.

– Pois você deve logo tornar-se seu namorado, porque já está cansando este seu confidente com tantas palavras – Dom Pedro o enche de esperanças. – Se ama a formosa Hero, não desista! Vou empenhar-me junto dela e de seu pai para que seja sua. Não foi para isso que me contou tão bela história?!

– Tive medo de que me achasse impetuoso, por isso dei tantas voltas... – justifica-se Cláudio.

– Não precisa tornar a ponte mais extensa que a largura do rio – diz o príncipe com ares de sabedoria. – Você a ama e, no que depender de mim, ela será sua.

Dom Pedro, então, expõe-lhe o plano. Naquela noite, após a ceia, haverá um baile de máscaras. O príncipe assumirá, em seu disfarce, o papel do próprio Cláudio e, dessa forma, abordará Hero e tocará seu coração em seu nome, aprisionando nos ouvidos da formosa dama todo o encanto de uma confissão de amor.

Cláudio entusiasma-se com o estratagema, confiante nas boas intenções e na eficiência do discurso de Dom Pedro. Fica sabendo, por fim, que o soberano, após abordar sua amada, procurará o pai dela e lhe contará tudo o que se passou.

– Escreva o que lhe digo... – conclui Dom Pedro. – Ao final desta noite, a bela Hero será sua!

4

O revoltado Dom João

A sede do governo e toda a corte de Messina fervilhavam momentos antes da ceia e do improvisado baile de máscaras. As homenagens ao príncipe direcionavam os movimentos de grande número de pessoas.

Enquanto muitos se aprontavam para as festividades, o governador despachava em seu gabinete, acertando os últimos detalhes com Antônio, seu irmão:

– Meu sobrinho conseguiu contratar os músicos para a festa?

– Sim, meu irmão, já está quase tudo pronto. Pode confiar em meu filho... Mas eu queria contar-lhe novidades extraordinárias. Garanto que nem sonhava em ouvir o que tenho para dizer...

– Espero que sejam boas notícias.

– Isso depende de como as encare, mas até que elas têm boa aparência...

– Conte-me logo, Antônio, e deixe que eu decida o seu mérito.

– Bem, um de meus criados surpreendeu o príncipe e o conde Cláudio passeando por uma alameda sombreada por espessos e entrelaçados ramos...

– Ora, irmão, deixe de rodeios e vá direto ao assunto! Seu criado conversou com os dois?

– Não, não... Permaneceu oculto, sem que fosse visto.

– E o que ele ouviu de tão importante?

– O príncipe confessava a Cláudio que está apaixonado por minha sobrinha, sua filha, e que tencionava fazer-lhe uma declaração de amor esta noite, durante o baile.

– Não pode ser! – espanta-se Leonato.

– E tem mais... Disse que se ganhasse seu consentimento e seu amor, agarraria a ocasião com unhas e dentes e imediatamente se abriria com você a respeito de suas pretensões.

– Não é possível! – indigna-se o governador. – Mas o príncipe é casado com Costanza, filha de nosso antigo rei Manfredo! Se não fosse isso, ele não teria a Sicília em suas mãos! Há algo errado nessa história...

– Bom, foi o que relatou meu criado...

– E está em perfeito juízo, esse homem?

– É um rapaz muito esperto, meu irmão. Vou mandar chamá-lo agora mesmo para que possa interrogá-lo pessoalmente.

– Não, não... Não tenho tempo para isso. Até que os acontecimentos se esclareçam, vamos encarar tudo como se fosse um sonho.

No entanto, para evitar surpresas desagradáveis, o governador decide levar o assunto ao conhecimento de sua filha. Dessa forma, caso a história revelada por Antônio seja verdadeira, Hero estará preparada para dar a melhor resposta ao príncipe, de acordo com seus sentimentos e com as conveniências exigidas.

Mas enquanto Leonato e Antônio combinam os preparativos da longa noite que os espera, do outro lado do casarão, nos aposentos reservados aos hóspedes, o irmão do monarca, Dom João, e Conrado, homem de sua confiança, confabulam...

– Novos tempos, novos tempos... – avalia Conrado.

– O que houve? – Dom João quer saber. – Por que tanta empolgação?

– Não é isso, senhor. Ao contrário: quero dizer que vivemos novos tempos, tempos difíceis para nós, tempos nada favoráveis.

– Tem razão, Conrado...

– Mas, senhor, diga-me qual o motivo dessa sua tristeza infinita.

– Não há medida para o que sinto. A minha tristeza não tem limites!

– O senhor precisa escutar a voz da razão – aconselha Conrado.

– E o que eu ganho com isso? – questiona seu amo.

Entristecido, perdido em seu próprio desgosto, Dom João sente-se portador de uma doença incurável: a humilhação diante do próprio irmão.

– Perdoe-me, Conrado, mas não sei fingir. Eu tenho o direito de ficar triste e nada me fará sorrir... Tenho esse direito, não tenho?! Vou comer quando me der vontade e dormir quando estiver com sono, a despeito de quem quer que seja!

– Mas não deveria demonstrar seus sentimentos. O senhor se rebelou recentemente contra seu irmão e ele mal acaba de fazer as pazes, de aceitá-lo de braços abertos... O senhor não conseguirá fincar raízes no coração de Dom Pedro, a não ser que, com seu próprio trabalho, prepare o terreno para a colheita.

– Prefiro ser um verme preso dentro de uma cerca a tornar-me uma rosa caída nas graças do meu irmão. Saiba que é bem melhor ver meu sangue desprezado por todos do que me acomodar para obter a simpatia de alguém! Assim, se não passo por um adulador honesto, pelo menos ninguém me negará o título de vilão sincero.

– Mas...

– Confiam em mim porque estou aprisionado. Por isso, resolvi não cantar mais na minha gaiola. Se eu estivesse com a boca livre, morderia! Se tivesse liberdade, agiria como quisesse – ele destila sua ira. – Então, enquanto isso não acontece, deixe-me ser como sou!

Junto a Conrado, Dom João pensa em uma forma de tirar proveito da situação tal como ela se apresenta. Discute a esse respeito, quando é interrompido por Boráquio, seu criado.

– Alguma novidade, Boráquio?

– Venho da grande ceia que está sendo servida em área reservada da casa. Posso lhe assegurar que o príncipe, seu irmão, é tratado como um rei.

– Isso já era de esperar...

– E ouvi falar de um casamento em perspectiva – Boráquio antecipa, instigando a curiosidade de seu senhor.

– Desde que nos sirva de alicerce para alguma maldade... – diz Dom João, ansioso por vingança. – Mas quem é o louco que vai perder o sossego com o casamento?

– Ora, o braço direito de seu irmão!

– Quem? Cláudio, o encantador? – Dom João ironiza.

– Esse mesmo – confirma Boráquio.

– Um perfeito cavalheiro... – Dom João prossegue com sua ironia. – E com quem? Sobre quem ele debruçou os olhos?

– Não vai acreditar, senhor... Sobre Hero, filha e única herdeira de Leonato!

– Aquela franguinha? – espanta-se Dom João, sarcástico. – Que rapaz esperto... Mas como sabe disso tudo, meu bom Boráquio?

Seu criado contou, então, que fora incumbido de defumar um quarto úmido da ala dos hóspedes, cômodo há muito tempo sem uso e que agora iria receber alguns dos oficiais de Dom Pedro. Estava queimando uma planta odorífera, preparando-se para purificar o aposento cheio de mofo, quando o príncipe e o conde Cláudio, muito entretidos, pararam próximo à janela do aposento em que Boráquio se encontrava. O rapaz escondeu-se atrás de uma tapeçaria pendurada junto à veneziana e ouviu toda a conversação.

– O príncipe disse que, durante o baile de máscaras desta noite, fingiria ser Cláudio e faria a corte a Hero. Explicou que, assim que conseguisse o consentimento da moça, a cederia ao bravo conde.

Dom João, de súbito, animou-se com o que acabara de ouvir. Pôs-se a maquinar um plano mirabolante e, naturalmente, cruel.

– Venham comigo, vamos para junto dos outros... Essa história será um bom pasto para o meu descontentamento. Esse heroizinho aventureiro recebeu toda a glória da minha derrota... Agora vão ver, farei tudo o que puder para atravessar o caminho deles! Assim, todas as portas para a felicidade se abrirão para mim – Dom João proclama. E pergunta, estendendo os braços para Boráquio e Conrado: – Meus amigos fiéis, posso contar com a ajuda dos dois?

– Até a morte, senhor! – ambos concordam.

– Pois então vamos a essa grandiosa ceia. Eles se sentem orgulhosos porque sabem que estou humilhado! Ah, se o cozinheiro pensasse como eu, poderia envenenar todos com a comida servida no banquete! Vamos sondar o terreno e ver o que se poderá fazer...

– Estamos às ordens, senhor! – Conrado e Boráquio acompanham Dom João.

5

O baile de máscaras

Naquela noite quente de julho, a brisa vinda das águas frias do estreito de Messina refresca levemente os convidados do baile de máscaras.

No salão nobre, enquanto os músicos se instalam, o governador Leonato e seu irmão Antônio vistoriam a decoração. Os dois estranham o fato de Dom João não ter participado da ceia e temem que sua ausência não seja um bom sinal.

Beatriz e Hero intrometem-se na conversa dos dois:

– O irmão do príncipe é muito carrancudo – reclama Beatriz. – Ele é tão desagradável que chega a me dar náuseas!

– Parece ter um temperamento muito melancólico – opina sua prima Hero.

– O homem perfeito seria o meio-termo entre ele e Benedito – avalia Beatriz. – Um parece uma estátua, não abre a boca. O outro vive a tagarelar, não fica de boca fechada.

Leonato procura concluir o pensamento da sobrinha:

– Então, seria preciso metade da língua do senhor Benedito na boca de Dom João e metade da melancolia de Dom João no espírito do senhor Benedito.

– Além de belas pernas e muito dinheiro no bolso, meu tio – complementa a sobrinha. – Um homem assim seduziria qualquer mulher do mundo!

– Por Deus, Beatriz, com uma língua tão afiada, você é que nunca arranjará um marido! – opina Leonato, com a anuência de Antônio.

– Tem razão, tio... Por isso, nem tente me arrumar um. Minha felicidade é tamanha que não me canso de agradecer dia e noite... Que horror! Eu não suportaria um marido barbado. Preferiria dormir direto num colchão de palha sem lençóis.

– Nesse caso, pode encontrar um marido imberbe.

– E o que faria com ele? Com a cara lisa, poderia vesti-lo com minhas roupas e fazê-lo minha dama de companhia! Aquele que tem barba é mais do que um rapaz e o que não tem é menos do que um homem... Ora, sendo mais que um rapaz, não é homem para mim, mas, se é menos que um homem, eu é que seria muito mulher para ele. Sendo assim, prefiro ficar solteirona dando voltas pelo inferno!

Como sempre, Beatriz faz seus interlocutores rirem de suas tiradas. Brincar com as palavras e com o comportamento das pessoas sempre foi sua especialidade. Antônio e Hero gargalham, enquanto seu tio, ainda que também se aproveite dos gracejos da sobrinha, procura levá-la a sério e manter a conversação.

– Então, você irá para o inferno? – ele pergunta.

– Não, só até a porta – ela diz, em meio a risos. – Quando

lá chegar, o diabo virá ao meu encontro, dirigirá seus chifres para os meus olhos e dirá: "Vá para o céu, Beatriz, vá para o céu... Aqui não há lugar para donzelas como você!". E quando eu chegar ao céu, São Pedro me despachará para o quintal dos solteirões, onde ficarei feliz para todo o sempre!

Antônio, preocupado com as palavras de Beatriz, teme que Hero lhe dê ouvidos e alerta-a para que siga apenas os conselhos de seu pai. Mas Beatriz não deixa a prima responder. E volta à carga:

– Sem dúvida é obrigação de minha prima dizer a seu pai: "Pois não, papai, farei o que lhe agradar..." – ela imita o jeito de Hero. E, voltando-se para a jovem, complementa: – Mas é preciso que o noivo seja um lindo rapaz, minha prima. Caso contrário, seja cortês de outra maneira: "Sinto muito, papai, mas farei o que mais me agradar!".

– Ainda tenho esperanças de um dia vê-la com um marido – confessa Leonato, fatigado.

– Isso só seria possível se Deus não tivesse criado o homem do barro – Beatriz ironiza a parábola bíblica. – Seria uma desgraça uma mulher ver-se dominada por um punhado de barro e ter de prestar contas de sua vida a um petulante qualquer... Não, meu tio, não me casarei jamais!

Lembrando-se de casamentos indesejáveis, Leonato alerta sua filha sobre a possibilidade de vir a ser assediada pelo príncipe, conforme os boatos de que teve conhecimento pouco antes. Ela deveria ser gentil com Dom Pedro, mas rechaçar a proposta sem meias palavras.

– Minha prima – interfere Beatriz –, se o príncipe se mostrar muito afoito em cortejá-la, dê-lhe uma resposta dançante. Afinal, o amor, o casamento e o arrependimento dependem do compasso da música que se dança.

– O que você quer dizer com isso? – pergunta Hero, intrigada com o conselho da prima.

– Preste atenção... As primeiras manifestações apaixonadas parecem-se com o andamento vivo e animado de uma dança escocesa, cheias de fantasia. O casamento é modesto como um minueto, antigo e solene. Mas depois vem o arrependimento, com suas pernas trôpegas, que, num ritmo cada vez mais rápido, acaba caindo na sepultura! – finaliza Beatriz.

– Minha sobrinha, está olhando as coisas pelo lado ruim – pondera Leonato.

– Não, meu tio, tenho a vista muito boa! – devolve Beatriz.

– Está chegando um grupo de mascarados... – anuncia Leonato, puxando seu irmão pelo braço. – Vejam que animação... Vamos deixar a área livre!

Os quatro buscam, numa mesa próxima, as suas máscaras, compondo-se definitivamente para o baile que acabara de começar. Leonato e Antônio se afastam e Beatriz é chamada para o jardim.

6

Benedito escuta o que não quer

Leonato, Antônio e as duas primas não percebem que um dos mascarados que se aproxima é o príncipe Dom Pedro de Aragão.

Reconhecendo Hero, que tem apenas uma pequena máscara brilhante em torno dos olhos, o príncipe convida-a para uma volta pelo jardim.

Diante da relutância de Hero, o príncipe, protegido por uma enorme máscara que lhe oculta a identidade, insiste até persuadir a precavida filha do governador. Os dois se afastam, enquanto Baltasar, criado de Dom Pedro, e Margarida, dama de companhia de Hero, atravessam o salão.

– Queria tanto que gostasse de mim... – investe Baltasar.

– Para o seu bem, é melhor que não me queira – diz a humilde Margarida.

– Ora, por quê?

– Porque estou cheia de defeitos! – ela responde sedutoramente.

– Diga-me um, ao menos...

– Rezo todas as noites em voz alta – ela diz, acanhada.

– Uma razão a mais para amá-la... Assim, poderei com tranquilidade dizer amém!

– No fundo, o que eu gostaria mesmo era de me casar com um dançarino. Se Deus quiser, eu consigo! – ela diz, insinuante, cruzando os dedos.

– Amém – responde Baltasar, estendendo-lhe a mão, convidando-a para dançar.

– E que Deus o mantenha longe da minha vista quando a dança tiver acabado – Margarida resiste, já que está de flerte com outro homem, Boráquio, o criado de Dom João. – Bem, que Deus me perdoe... Vamos lá, coroinha!

E os dois se dão os braços, saindo sorridentes pelo salão, rodando ao ritmo alegre da música.

Enquanto eles dão os primeiros passos, Margarida fica de olho em Úrsula, outra dama de companhia de Hero. Úrsula flerta com Antônio, irmão de Leonato, que também é viúvo. Tentando desvendar a identidade do velho Antônio, Úrsula investe, decidida:

– Confesse logo... Pensa que não o reconheço? – ela diz, estendendo os braços, puxando-o para o centro do salão.

O velho Antônio, um pouco assustado com a impetuosidade de Úrsula e procurando resistir à jovialidade de sua companheira de dança, ainda assim não desprega o olho de Beatriz, que conversa com um mascarado num canto do salão.

– Aposto como foi o senhor Benedito quem lhe disse isso! – diz Beatriz ao seu interlocutor, pensando tratar-se do conde Cláudio.

– Benedito? Quem é esse Benedito? – pergunta o próprio,

ocultando-se por detrás de uma máscara de tucano, vermelha e amarela.

– Claro que o conhece, e conhece muito bem – afirma Beatriz, cada vez mais convencida de que conversa com Cláudio.

– Acredite em mim, não o conheço!

– Ele nunca o fez rir?

– Por favor, conte-me logo quem é esse tal Benedito.

– Ora, ora... É bobo do príncipe, um pobre diabo, estúpido e sem graça. A sua única habilidade consiste em inventar calúnias absurdas!

Benedito não acredita no que ouve, no atrevimento de Beatriz em dizer-lhe isso face a face. Mas ela não sabe quem ele é, por isso resiste a abandonar a conversa. E Beatriz prossegue:

– Só mesmo os libertinos o procuram! Não por seu espírito fraco, mas por sua maldade. Ele os distrai e irrita ao mesmo tempo... Depois de rirem, seus ouvintes lhe dão pancada! Estou certa de que ele está por aqui. Se ele me abordasse... ia ver!

Transtornado, Benedito responde, gaguejando:

– Quando tiver a oportunidade de conhecê-lo, co-con-tarei a ele sua opinião.

– Isso: conte, conte... Ele fará um ou outro comentário infeliz a meu respeito e, se ninguém rir, ficará triste e perderá a fome. É sempre assim... – ela complementa, arrasando-o.

A música ganha animação e contagia os participantes do baile. Os dançarinos saem em roda...

– Vamos acompanhá-los! – grita Beatriz, animada.

Embaraçado, Benedito aceita o convite:

– Vamos atrás de todas as coisas boas...

– Sem dúvida – devolve Beatriz –, porque se nos quiserem levar na direção do mal, eu os abandono na primeira esquina!

7

Cláudio desiste de Hero

O baile segue animado, com poucos convidados ausentes do salão. Dom João permanece atento à movimentação de seu irmão, dos protegidos oficiais, da família do governador e, particularmente, ao cortejo de Dom Pedro a Hero.

Ávido por uma intriga, conversa com Boráquio:

– Hum... Eu diria que meu irmão parece estar apaixonado por Hero! Veja só... Chamou o pai dela à parte para pedi-la em casamento! Mas diga-me, Boráquio, quem é aquele mascarado?

– É Cláudio. Conheço-o pelo jeito de andar.

Sem perder a oportunidade, Dom João aproxima-se do conde:

– Com licença, é o senhor Benedito? – ele pergunta, dissimulando.

– Claro, claro... Sou eu mesmo! – Cláudio mente, achando que engana Dom João.

– Que bom... O senhor, que ocupa um alto posto entre os oficiais e que partilha da intimidade e da estima do príncipe, precisa saber de uma coisa...

– O que é, senhor? Diga-me logo!

– Meu irmão está apaixonado pela doce Hero – anuncia, perverso.

– He-Hero? – balbucia Cláudio.

– Sim, senhor Benedito. Peço que use sua influência para dissuadi-lo dessa jovem. Ela não é da mesma estirpe dele!

Embaraçado e confuso, Cláudio procura manter o controle e mostrar a Dom João que está equivocado. Mas o irmão do príncipe insiste, argumentando que o ouviu declarar seu amor a Hero.

– E eu também – intromete-se Boráquio. – E jurou que casaria com ela ainda esta noite.

Cláudio fica inconformado. Astuto, Dom João o deixa a sós, com a certeza de ter incendiado as relações de seu odiado irmão com um de seus mais fiéis oficiais.

– Respondi em nome de Benedito, mas ouvi as tristes notícias com os ouvidos de Cláudio... – o jovem fala consigo mesmo.

Apaixonado, Cláudio corrói-se por dentro, imaginando que o príncipe fez a corte a Hero para conquistá-la para si próprio. Reflete sobre amizade e lealdade, que nunca se combinam nas questões de amor.

"Todo olhar deve falar por si, sem confiar em intermediários", ele pensa. E diz em voz alta: – A beleza é uma feiticeira e sob os seus encantos a boa-fé se transforma em cobiça! Não tomei o devido cuidado. Agora... Bem, adeus querida Hero!

– O que é isso, falando sozinho, conde Cláudio? – diz Benedito, aproximando-se do companheiro de armas.

– O que foi? O que quer de mim? – quer saber Cláudio, impaciente.

Benedito pede-lhe que o acompanhe ao jardim, distante da agitação do salão, para tratar de assunto de seu interesse. E brinca com o amigo, perguntando se prefere levar a grinalda em torno do pescoço, como um bom homem rico, ou atravessada no peito, como a faixa de um tenente.

– O importante é que se prepare, pois o príncipe acaba de conquistar sua bela Hero.

– Ah, é mesmo? Desejo-lhes, então, que sejam muito felizes!

– O que é isso, Cláudio? Isso é maneira de falar? Parece um boiadeiro vendendo seus bois! Você acha que o príncipe iria lhe pregar uma peça dessas?! – diz Benedito, chocado com a atitude de Cláudio.

– Por favor, Benedito, deixe-me em paz! – Cláudio não ouve o amigo, sem se dar conta do mal-entendido.

Benedito não gosta da forma como Cláudio se dirige a ele e ao príncipe:

– Agora você vira as costas para quem o ajudou?!

– Já que não me deixa em paz, eu é que o deixo... – Cláudio se afasta, irritado e agressivo.

Egoísta em relação às questões do coração, Benedito não liga para os sentimentos de Cláudio. Dirigindo-se novamente para o salão de baile, importa-se agora com o que ouviu de Beatriz.

– É pena que Beatriz me conheça tão bem e ao mesmo tempo tão mal... – Benedito resmunga, falando sozinho. – "Bobo do príncipe"... Ela me paga! Pode ser que me chamem assim porque sou alegre... Mas não, estou sendo injusto comigo mesmo. Eu não tenho essa reputação, Beatriz é que tem esse hábito vulgar e ridículo de viver julgando os outros! É o seu caráter malévolo e despeitado que me faz passar pelo que não sou. Mas eu me vingarei, eu me vingarei!

– O que é isso? Com quem está falando, meu caro Benedito? – pergunta o príncipe, que se aproxima afoito à procura de Cláudio.

– Olá, meu príncipe. Estive com Cláudio há poucos minutos... Estava fazendo o papel de leva e traz quando o pobre pássaro ferido me deixou como o encontrei, falando sozinho...

Benedito explica a Dom Pedro que tentou dizer a Cláudio que o príncipe conquistara a estima de Hero.

– Até lhe ofereci uma vara para que se açoitasse, mas ele não aceitou! – inventa Benedito.

– E o que ele fez para merecer isso?

– Uma inocente transgressão de menino de escola... Sabe, ele mostrou seu lindo ninho de passarinhos ao colega e nem percebeu que seria roubado.

– Está chamando de transgressão a uma prova de confiança de Cláudio em mim? Não houve roubo!

– Mas, ao que parece, o senhor de fato lhe roubou o prometido ninho!

Dom Pedro fica indignado com a insinuação, quase uma acusação, proferida por Benedito. Explica que deve ter havido um lamentável engano, pois queria apenas ensinar o passarinho a cantar, para depois entregá-lo ao seu verdadeiro dono.

– Quer dizer, então, que se os dois pombinhos estiverem de acordo... Por Deus, o senhor agiu honradamente!

– É claro... E por falar em honra, soube que Beatriz está furiosa: ela dançou com alguém e ouviu que você anda falando muito mal dela. É verdade?

– Oh, que absurdo! Ela é que me maltratou e eu a ouvi com a paciência de um santo! Até a minha máscara já começava a ganhar vida e praguejar contra ela! Beatriz chegou a me dizer, sem saber que era eu a pessoa com quem falava, que eu era bobo do príncipe! – conta Benedito, enraivecido.

Dom Pedro esboça um sorriso, mas se contém para não ofender seu subordinado. Admirava realmente aquela donzela...

Benedito prosseguia:

– Ela disse tantas calúnias a meu respeito que o senhor não imagina! Essa mulher faz de suas palavras verdadeiros punhais... Se o seu hálito fosse tão terrível como suas frases, não haveria ser vivo perto dela!

– Benedito, você vai acabar se casando com Beatriz... – pragueja Dom Pedro.

– Nunca me casaria com ela, mesmo que trouxesse um dote mais valioso do que tudo o que Adão possuía antes do pecado!

Benedito verdadeiramente não queria mais ouvir falar em Beatriz. Preferia ir até o fim do mundo, ou ao inferno, a ter de encontrá-la novamente.

– Olhe quem vem ali – anuncia Dom Pedro, sorrindo.

Os dois avistam Beatriz entrando no salão. O conde Cláudio vem com ela, ao que parece sem querer acompanhá-la. Benedito ajoelha-se aos pés de Dom Pedro:

– Pelo amor de Deus, meu príncipe, arranje-me uma incumbência no outro lado do mundo! Por favor, eu faço qualquer serviço: irei ver um antípoda para dar-lhe algum recado, posso buscar um palito de dentes no extremo da Ásia, procurarei um pelo da barba do imperador dos mongóis, levarei alguma mensagem aos pigmeus na nascente do Nilo... Por favor, qualquer coisa para não trocar três palavras com aquela harpia, aquela usurpadora. Não tem nada para eu fazer?

– Nada. Só quero desfrutar de sua boa companhia. Fique aqui mais um pouco – diz o príncipe, achando graça na situação de Benedito.

– Desculpe-me, senhor, eis um prato de que não gosto de servir-me... Não suporto a senhora Língua!

E Benedito retira-se, fugindo de Beatriz como o diabo foge da cruz.

8

Dom Pedro propõe-se um trabalho de Hércules

Beatriz interpela Dom Pedro, trazendo pelo braço Cláudio, que se mostra desgostoso.

– Beatriz, acaba de perder a oportunidade de instigar o coração do senhor Benedito – provoca Dom Pedro.

– É, eu percebi que aquele pássaro mascarado é Benedito... Infelizmente!

– Ele mesmo... – confirma o príncipe. – Não percebe o seu voo de paixão contrariada?

– O senhor tem razão, perdi a oportunidade de partir de uma vez o coração daquele homem – ela avalia.

– Soube que a senhora o levou à lona, dominando-o completamente, é verdade?

– Não gostaria que ele fizesse o mesmo comigo... – reflete Beatriz, pensativa. E muda de assunto: – O senhor pediu que procurasse por Cláudio... Já que ele não é uma ave, aqui tenho um conde, serve?

Cláudio mostra-se incomodado diante do príncipe. Sente-se traído, enganado da forma mais devastadora que um homem pode provar: apunhalado pelas costas.

– Por que está tão triste, conde? – indaga Dom Pedro.

– Não estou triste, senhor.

– O que tem, então? Está doente?

– Nada disso, senhor.

Beatriz interfere:

– O conde não está triste nem alegre, não está doente nem com boa saúde. Considere-o um conde polido, ou melhor, um conde pálido. Ele está amarelo como algumas laranjas: nem amargas nem doces. O seu rosto tem a cor e o aspecto do ciúme!

Dom Pedro, ciente do mal-entendido, procura conduzir a situação da melhor forma possível. Avista Leonato e sua filha, Hero, e faz-lhes um sinal para que se aproximem.

O governador está sorridente, e Hero um tanto acanhada, mas igualmente feliz. Cláudio, irritado, ameaça abandonar o grupo.

– Calma, Cláudio. Posso lhe assegurar que suas suspeitas não têm fundamento. Aproximem-se... Você verá, vou provar-lhe minha amizade.

Relata, então, que fez a corte em nome do conde e a formosa Hero foi conquistada. E que em seguida falou com o governador e obteve seu consentimento.

– Portanto, marque logo o dia do casamento e que Deus o faça feliz! – o príncipe congratula-o.

Apatetado, Cláudio ouve seu futuro sogro pronunciar:

– Caro conde, receba de mim a minha filha e com ela a

minha fortuna. Ao nosso príncipe devemos este casamento e todos os presentes dizem amém.

– Vamos, conde, é a sua deixa. Diga alguma coisa! – brinca Beatriz.

– O silêncio é o mais eloquente arauto da alegria – diz o surpreso Cláudio. – Pequena seria a minha felicidade se pudesse dizer o quanto ela é grande.

Hero fica emocionada com as palavras de seu pretendente, agora futuro esposo. Com lágrimas nos olhos, ela se deleita diante do que ele diz:

– Querida Hero, assim como você é minha, eu sou todo seu. É uma troca completa, que me faz sentir enlouquecido de júbilo – ele exagera.

Beatriz diverte-se com a cena, admirada com as palavras do conde, que lhe soam tão tolas e de pouco sentido.

– Vamos, prima, agora é a sua vez. Responda ao conde... – ela estimula. Porém, diante de seu constrangedor silêncio, implora: – Se não consegue dizer nada, tape-lhe a boca com um beijo e não o deixe dizer mais nada!

– A senhora tem mesmo um coração extraordinariamente alegre... Que felicidade! – desabafa o príncipe, muito impressionado com o espírito de Beatriz.

– Agradeço, senhor – diz Beatriz, curvando-se. – Mas o pobre coitado aqui sabe se defender. Veja como minha prima cochicha em seu ouvido. Aposto que está dizendo que o traz no coração...

– Foi exatamente isso o que ela falou – confirma Cláudio.

– Bem, o que eu posso dizer? Viva o casamento! – brada Beatriz, conformada. – As mulheres vão se unindo... menos eu, que não tenho a beleza de minha prima!

– Que é isso, senhora?! – o príncipe se admira com sua baixa autoestima.

– É isso mesmo: os outros se casam e eu fico a ver navios! – ela diz, resignada. Mas logo retoma o bom humor: – Se bem que eu sempre posso sentar-me numa esquina qualquer e ficar

gritando: "Tem um marido por aí? Tem um marido por aí?".

– Acho que posso lhe arranjar um – diz o príncipe.

– Antes conseguisse um da reserva de seu pai. Parece que ele fabricava excelentes maridos... Não tem um irmão parecido com o senhor por aí?

– Eu não sirvo? – Dom Pedro se oferece, curvando-se diante de Beatriz.

– Não, senhor. A não ser que seja permitido ter um outro para os dias de semana. O senhor é muito suntuoso para ser usado diariamente – ela brinca, atrevida. – Acho que me excedi... Suplico-lhe perdão, senhor: nasci para falar muito e não consigo parar de dizer essas bobagens.

– Não são bobagens – diz o príncipe, encantado –, o seu silêncio é que seria muito desagradável. A alegria combina muito bem com a senhora. Creio que nasceu numa hora feliz!

– Pelo que sei, minha mãe chorava quando nasci. Mas havia uma estrela que brilhava no céu e eu vim ao mundo bem debaixo dela...

– Minha sobrinha, por que não vai ver se aquilo de que lhe falei está de acordo? – Leonato inventa, fazendo com que Beatriz se afaste e deixe o príncipe em paz.

Beatriz, surpreendentemente dócil, acata a quase ordem de seu tio e despede-se de todos, deixando o salão. No entanto, Dom Pedro expressa o grande apreço que cultiva por ela, lamentando que abandone o grupo. Leonato, meio sem jeito, procura compensar sua indelicadeza elogiando-a:

– Realmente, ela tem muito pouco de melancolia. Parece que só fica triste quando dorme... Minha filha disse-me que às vezes tem algum pesadelo ou sonha com desgraças; mas acorda sempre às gargalhadas!

Dom Pedro comenta a intolerância de Beatriz quando o assunto é casamento. Leonato confirma, dizendo que ela faz questão de ridicularizar todos os pretendentes que lhe aparecem.

É quando o príncipe lança uma ideia bastante controversa:

– Ela seria uma excelente esposa para Benedito.

– Deus me livre! Depois de uma semana os dois estariam loucos! – reage Leonato.

Cláudio e Hero continuam a olhar-se, apaixonados. O conde manifesta o desejo de casar-se no dia seguinte, mas Leonato não aceita, afirmando precisar de uma semana, no mínimo, para preparar adequadamente a cerimônia.

Dom Pedro concorda com o prazo e conclui:

– Nesse ínterim, vou empreender um dos trabalhos de Hércules: construir uma montanha de amor entre o senhor Benedito e... Beatriz!

Todos se surpreendem com a ideia de Dom Pedro, mas ele se diz determinado a casá-los. E solicita a ajuda dos três para concretizar o seu plano. Leonato, Cláudio e Hero concordam, prometendo fazer de tudo para que Beatriz e Benedito se casem.

– Creio que Benedito dará um ótimo marido. É um nobre de reconhecido valor e de uma honradez a toda prova. Apesar de seu espírito cáustico e gênio intolerante, acabará gostando de Beatriz – conclui o príncipe. – Agora vou dizer como devem agir, a partir de amanhã cedo, para que Beatriz se apaixone por Benedito... Agiremos como divindades do amor. Seremos os arqueiros de Cupido e a glória será toda nossa! – orgulha-se Dom Pedro, antecipando o sucesso de seu projeto.

9

O plano de Boráquio

Um ou outro acorde em algum canto da casa sinalizava que o baile chegara ao fim. O estado lastimável em que ficara o salão revelava que as intrigas, os encontros e desencontros e os planos de futuro certamente haviam deixado inquieta a corte de Messina.

Do outro lado, nos aposentos reservados a Dom João, ele e seu fiel subordinado Boráquio continuam a confabular...

– Agora não tem mais jeito: o conde Cláudio vai se casar com a filha de Leonato – lamenta-se o derrotado irmão do príncipe.

– É verdade, meu senhor, mas... – Boráquio coça a cabeça, matutando algo.

– Mas o quê, Boráquio?! Não há remédio capaz de reverter essa situação, não é?!

– Há sim, senhor... Creio que posso dar um jeito de impedir esse casamento!

– Seja lá o que for que venha para contrariar esse amor, chegará bem – desabafa. – Não suporto esse conde, tão querido do meu irmão... Mas diga-me, caro Boráquio, como poderá atrapalhar a felicidade dos noivos?

– Posso assegurar-lhe que não será por meios lícitos... Mas agirei tão disfarçadamente que ninguém suspeitará de minha desonestidade.

– Vamos logo... Diga-me, em poucas palavras, como planeja fazer isso.

– Se não me falha a memória, há cerca de um ano contei ao senhor como foi que caí nas boas graças de Margarida, a dama de companhia de Hero.

– Lembro-me, sim... Mas o que tem isso?

– Saberá agora: posso fazer com que ela apareça à janela do quarto de sua ama a qualquer hora da noite, mesmo que seja muito tarde.

Dom João continua a não entender as vivas intenções de Boráquio e como seu plano poderá aniquilar o casamento. Boráquio, então, explica seu estratagema:

– Cabe ao meu mestre a preparação do veneno – adianta Boráquio. – O senhor deve procurar seu irmão e dizer-lhe que o arranjo feito para conseguir o casamento de Cláudio com Hero comprometeu sua honra e dignidade de príncipe. Faça muitos elogios, enalteça bastante o jovem Cláudio e, em seguida, despeje na cara dele que a filha de Leonato não passa de uma prostituta ordinária!

– Mas que provas apresentarei? – pergunta Dom João, admirado.

Boráquio afirma, ousadamente, que terá provas suficientes para enganar o príncipe, mortificar o conde Cláudio, arruinar a doce Hero e... matar Leonato.

– Não é isso o que o senhor deseja? – pergunta Boráquio. – Ou quer mais?

– Eu sou capaz de tudo, desde que seja para humilhá-los – Dom João torce ansiosamente.

– Então, mãos à obra!

Boráquio dá as coordenadas, detalhando sua proposta. Dom João deverá procurar o irmão e o conde Cláudio na noite da véspera do casamento. Em seguida, sob um pretexto qualquer, os conduzirá até as proximidades da janela do quarto de Hero.

– O senhor irá contar-lhes que tem certeza de que sou amante da filha do governador.

– Mas eles duvidarão...

– Mostre preocupação e zelo, não somente pelo príncipe, mas também por Cláudio. Argumente que faz a denúncia para salvar a honra de seu irmão, que inventou de realizar a todo custo o tal casamento... E alegue que age assim para salvar a reputação de um amigo, pois Cláudio estaria se arriscando a ser enganado pelas falsas aparências de uma falsa donzela.

– Mas ninguém acreditará em nada se eu não apresentar provas! – insiste Dom João.

– É aí que eu entro na história. Vocês três me verão à janela do quarto da filha de Leonato, à meia-luz, chamando Margarida, que estará de costas, pelo nome de Hero, e por ela serei chamado, naturalmente, por meu próprio nome! Arranje um bom lugar e assistam a esse belo espetáculo! – completa Boráquio, orgulhoso de suas ideias.

– Mas onde estará Hero, a senhora de Margarida? – questiona Dom João.

– Não se preocupe. Tratarei de que esteja ausente, talvez dormindo no quarto da prima... Farei tudo de tal forma que a sua infidelidade pareça real. Se alguma suspeita houver, ela rapidamente se tornará certeza e todos os seus projetos cairão por terra!

Dom João fica excitadíssimo com o plano arquitetado por Boráquio:

– Aconteça o que acontecer, porei sua ideia em prática. Use toda a sua habilidade e garanto que será recompensado: se tudo der certo, ganhará mil ducados!

Boráquio pede, por fim, que seu senhor se mostre contundente nas acusações, fazendo de tudo para levar Dom Pedro e Cláudio até a cena do espetáculo.

– Se assim for, garanto que nenhum de nós se sentirá envergonhado!

– Vou agora mesmo procurar saber para quando o casamento foi marcado... – anuncia Dom João.

10

Benedito cai na rede

O dia seguinte à chegada de Dom Pedro de Aragão a Messina foi de ressaca para muitos e de trabalho para o príncipe e para o governador, que passaram muitas horas em despachos no gabinete de Leonato.

Há tempos a cidade e sua corte não viviam uma noite com tantas reviravoltas. Com exceção de Dom João e seus servidores, todos tiveram momentos de harmonia, de amor... ou de farpas – como no caso de Benedito e Beatriz.

Ao entardecer, Benedito aproveita as últimas luzes de um dia silencioso, bastante diferente do anterior, para terminar a leitura de um livro, uma de suas poucas paixões. Seus pensamentos, porém, perturbam-lhe a concentração. Ele não consegue compreender o comportamento e as atitudes de Cláudio. Como um homem que sempre achou tolos aqueles que se deixam prender pelo amor pode vir agora, depois de ter rido das banais frivolidades de quem se apaixona, tornar-se alvo de seu próprio desprezo?

"Lembro-me de quando o conheci...", recorda-se. "Não havia para ele outra música que não fosse a do tambor e do pífaro, acompanhando as marchas militares... Agora quer ouvir o tamborim e a gaita de foles, alegrando as singelas danças do campo. Quando o conheci, ele seria capaz de andar a pé dez milhas só para admirar uma boa armadura de soldado... Agora deve ficar noites acordado imaginando o modelo de um gibão da última moda... Ah, a vaidade do amor!"

Benedito desiste da leitura e caminha pelos imensos jardins do casarão do governador. Como nunca esteve apaixonado, ou, ao menos, nunca se permitiu estar apaixonado, sente-se intranquilo com as mudanças de seu amigo. Receando que ele se afaste quando vier a casar, comenta consigo mesmo:

– Cláudio costumava dizer as coisas com clareza e ir sempre direto ao assunto, mas agora só usa expressões rebuscadas... As suas palavras parecem mais um banquete exuberante, repleto de pratos exóticos! Será que um dia eu também me transformarei e enxergarei as coisas desse jeito? Não tenho certeza, acho que não... – E continua, exercitando seus habituais jogos de palavras: – Não posso jurar que, de um momento para outro, o amor não me transforme em uma ostra... Mas, também, se eu me transformar em uma ostra serei um tolo de marca maior. Uma mulher, para mim, teria de ser bela... mas a mim pouco se me dá! Ou talvez sábia... mas o que eu tenho a ver com isso? Quem sabe virtuosa... mas eu continuaria passando bem sem ela. Porém, enquanto todas as graças não se reunirem em uma só mulher, nenhuma delas cairá nas minhas graças! A mulher ideal certamente teria de ser rica... Teria de ser sábia, ou não lhe daria a mínima importância... Virtuosa, ou jamais a apreciaria... Linda, ou não olharia para ela... Meiga, ou não chegaria perto de mim... Nobre, senão, mesmo que fosse um anjo, não me serviria... De boa conversa, ótima musicista e com os cabelos da cor que Deus lhe deu, e não pintados, como muitos por aí!

Seus pensamentos são interrompidos ao ver aproximar-se o próprio conde Cláudio, que passeia pelos jardins.

– Oh, quem vem com ele? O governador e... o príncipe! – Benedito corre para trás de um caramanchão, escondendo-se dos três.

Dom Pedro percebe a presença de Benedito. Tanto ele como Cláudio veem-no esconder-se atrás de vastas trepadeiras. Percebem imediatamente que é a oportunidade que buscavam para colocar em prática o plano do príncipe.

– Parece um animal a ocultar-se por entre as ramas – comenta Cláudio, em voz baixa. – Creio ser um raposo a quem facilmente apanharemos.

Eles decidem, então, fingir que não o viram. Dom Pedro chama Baltasar, seu criado, que os acompanha a distância e traz um alaúde debaixo do braço.

– Aproxime-se, Baltasar. Queremos ouvir novamente aquela canção.

– Ó meu bom senhor, não obrigue uma voz tão ruim a ofender a música pela segunda vez.

– Deixe de modéstia, rapaz. Vê-se logo que sabe bem o que faz. Precisarei ficar mais tempo a cortejá-lo ou poderá começar a tocar?

– Já que fala em cortejar, irei cantar – concorda Baltasar. E antecipa o tema de sua cantiga: – Há amantes que saem a galantear aquelas que não julgam dignas e acabam por se declarar e até por lhes jurar amor eterno...

– Vamos, comece logo – solicita Dom Pedro. – Se pretende continuar com seus longos discursos, faça-o em notas.

– Note, porém, antes das minhas notas, que não há uma só dentre elas que valha a pena ser notada.

Dom Pedro demonstra impaciência com seu criado. Ele se desculpa e começa a dedilhar o instrumento. Benedito ouve o início da canção e nota como o músico parece ter a alma em êxtase. E, bem ao seu estilo, pensa:

"É realmente admirável que algumas tripas de carneiro possam arrebatar as almas dos corpos... Bem, quando a música terminar, saio do meu canto com uma bandeja para mendigar uns trocados".

Baltasar dá voz a sua cantiga:

– Não suspirem mais, damas, não suspirem mais...
Os homens sempre foram impostores:
Um pé no mar, outro na praia,
Nunca constantes em nada.

Portanto, damas, não suspirem mais: deixem-nos partir,
E sintam-se felizes e bonitas,
Transformando todos os seus lamentos
Num grito de alegria, trá-lá-lá-lá-lá lá-lá lá-lá!

Não cantem mais cantigas, não cantem mais
Sobre coisas mesquinhas e vis.
A traição dos homens sempre existiu,
Desde que as primeiras flores apareceram.

Portanto, damas, não suspirem mais: deixem-nos partir,
E sintam-se felizes e bonitas,
Transformando todos os seus lamentos
Num grito de alegria, trá-lá-lá-lá-lá lá-lá lá-lá!

– Excelente! – felicita-o Dom Pedro, batendo palmas. – Palavra de honra: bela canção!

Baltasar agradece, modestamente:

– Bela, porém mal cantada, meu senhor.

– Pare com isso, Baltasar. Para uma situação dessas, de improviso... você canta muito bem!

Essa não era, no entanto, a opinião de Benedito:

"Se tivesse sido um cão que ladrasse dessa forma, certamente mandariam enforcá-lo. Tomara que essa voz esganiçada não seja o presságio de alguma desgraça... Preferiria ter ouvido um corvo noturno, por mais calamidades que se seguissem ao seu canto!".

Animado, o príncipe decide agradar ao conde e ao governador, convocando Baltasar para uma serenata, na noite seguinte, sob a janela do quarto de Hero.

– Escolherei a melhor música de que puder lembrar-me, meu senhor. E agora, com sua permissão, retiro-me para os meus afazeres.

O príncipe fica a sós com Cláudio e Leonato. Falando alto, para que Benedito o ouça com clareza, pede a Leonato que repita o que lhe havia dito pela manhã, sobre sua sobrinha Beatriz estar apaixonada pelo senhor Benedito.

– Exatamente, senhor, foi isso mesmo que minha filha me disse – o velho confirma, piscando um olho.

Cláudio comenta com os dois, em segredo:

– Cuidado, o pássaro está à espreita... – E volta a falar alto: – Nunca imaginei que Beatriz pudesse apaixonar-se por algum homem.

– Nem eu – reforça Leonato. – E o que mais me surpreende é o fato de ela estar apaixonada justamente pelo senhor Benedito, a quem sempre pareceu detestar!

Benedito custa a acreditar no que ouve. Estarrecido, pensa que o vento deve estar trazendo as palavras erradas, deturpando-as. Mas Leonato prossegue:

– Palavra, meu senhor, que não sei o que pensar a respeito. Minha filha disse que Beatriz o ama tão desesperadamente... Ah, isso excede todas as minhas suposições!

– Talvez ela esteja apenas fingindo! – disfarça Dom Pedro.

– Sim, é bem provável – Cláudio concorda.

– Fingindo? – reage Leonato. – Então o fingimento de uma paixão nunca se confundiu tanto com uma paixão verdadeira como a que ela demonstra sentir.

– Ora, e que sintomas ela mostra que indiquem estar assim tão apaixonada? – pergunta Dom Pedro.

– Que sinais? Bem... os sinais... Nem lhe conto! – Leonato, sem saber o que dizer, pede ajuda a Cláudio: – Minha filha já comentou com você sobre esses sinais, não comentou?

– Quero saber de tudo! – diz Dom Pedro, com entusiasmo. – Estou espantado, pois julgava Beatriz a salvo das artimanhas do amor!

– Eu também – concorda Leonato –, ainda mais tratando-se do senhor Benedito.

Incrédulo, Benedito se convence de que a conversa é séria apenas porque o "ancião de barbas brancas", como costumava chamar o velho Leonato, participava dela. Caso contrário, teria certeza de tratar-se de uma simulação.

Benedito move-se atrás dos arbustos, tentando aproximar-se um pouco mais e ouvir o que os três confabulam abraçados, agora aos sussurros:

– Ele já fisgou a nossa história – diz Cláudio, empolgado com o desempenho dos três. – Agora, não podemos soltar a carretilha... Puxem, puxem...

Dom Pedro levanta a cabeça e diz, em alta voz:

– Beatriz já declarou sua paixão a Benedito?

– Não – responde Leonato. – E juro que fará de tudo para que ele nunca o saiba. Esse é o seu maior tormento!

– Hero relatou-me – conta Cláudio – ter ouvido Beatriz dizer assim: "Por que eu, que tantas vezes o desprezei, iria escrever uma carta revelando quanto o amo?!".

Leonato confirma as palavras de Cláudio:

– Soube que minha sobrinha se levanta da cama todas as noites, senta-se à escrivaninha apenas de camisola e enche toda uma folha de papel...

– Ó caro Leonato – continua Cláudio –, por falar em

folha de papel, lembra-se de uma história curiosa que sua filha nos contou?

– Ah, sim, claro – concorda o velho, piscando um olho. – Disse que viu Beatriz dobrar uma carta que acabara de escrever e verificou que o nome dela e o de Benedito se encontravam! Era essa a história de que falava?

– Isso mesmo – confirma Cláudio, enquanto os três se riem.

– Mas não para por aí... Ao ver os nomes grudados, Beatriz rasgou a carta em mil pedacinhos, reprovando-se por ter sido tão imprudente, a ponto de escrever a quem certamente se riria dela, ridicularizando-a... E disse a minha filha: "Calculo o que ele faria pensando em mim mesma, pois, se me escrevesse, zombaria dele... Apesar de amá-lo, não resistiria e zombaria dele!".

– Hero contou-me que ela costuma cair de joelhos, chorar, soluçar, bater no peito, puxar os cabelos, rezar e, por fim, gritar desesperada: "Ó meu adorado Benedito! Deus me dê paciência!" – E Cláudio complementa a cena, representando a prima de sua amada.

Para tornar a forjada descrição ainda mais dramática, Leonato relata que sua filha teme, muitas vezes, que Beatriz cometa alguma loucura. Um ato de desespero contra si própria.

– Já que ela não revelará nada – argumenta Dom Pedro –, seria conveniente que alguém informasse Benedito sobre esse amor.

– Para quê? – pergunta Cláudio. – Para ele se rir de seus sentimentos e atormentar ainda mais a pobre jovem?

– Se ele a desprezasse, seria uma obra de caridade mandar enforcá-lo – analisa Dom Pedro. E revela a sua sincera opinião: – Beatriz é uma mulher adorável e gentil, de reputação acima de qualquer suspeita!

– E muito inteligente – completa Cláudio.

– Sem dúvida, exceto pelo fato de amar Benedito! – pondera o príncipe.

– No fundo, eu me preocupo com ela – confessa Leonato. – Ainda mais porque, além de ser seu tio, sou seu tutor...

Dom Pedro insiste, agora com toda a sinceridade, em revelar sua admiração por Beatriz:

– Quem me dera fosse o objeto de seu amor, que ela tivesse posto seus olhos sobre mim. Passaria por cima de todas as convenções para torná-la minha cara-metade... Mas, por favor, contem o que se passa a Benedito e vejamos o que acontece!

– Acha que seria prudente, senhor? E as consequências que traria para minha sobrinha?

Cláudio põe tintas trágicas na pintura que fazem de Beatriz, dizendo que Hero está certa de que a prima acabará morrendo se seu amor não for correspondido. E, caso o revele, igualmente morrerá por ver seu sentimento incompreendido.

– Tem razão – concorda Dom Pedro. – Creio que ele a desprezaria... Todos sabemos como Benedito tem um gênio zombeteiro.

Benedito fica enfurecido com o que ouve, mas ao mesmo tempo sente-se orgulhoso por não terem dúvidas quanto a sua opinião sobre o casamento.

Os três prosseguem, para que Benedito os ouça, dizendo tratar-se de um rapaz correto, valente, bonito, inteligente, sábio, pacífico, mas também muito genioso.

– Parece que lhe falta bom senso – diz Dom Pedro.

Observam que, em lugar de contar tudo a Benedito, melhor seria dissuadir Beatriz de seu amor.

– Mas isso é impossível – opina Leonato. – Até conseguirmos nosso intento, ela já terá deixado de existir!

Dom Pedro pede a Leonato que acompanhe os fatos por intermédio de sua filha. E torce para que Benedito faça um exame de consciência:

– Assim ele veria que não é merecedor de uma dama tão perfeita... Mas deixemos o assunto esfriar!

– Vamos andando, meu senhor – Leonato puxa o príncipe pelo braço. – Vejo meus criados me chamarem... Parece que o jantar já está servido.

Cláudio comenta baixinho com os dois:

– Se ele não ficar inteiramente apaixonado por ela, nunca mais confiarei em minha intuição!

– Estendam agora a mesma rede para Beatriz – diz Dom Pedro, saindo abraçado aos dois. – Cabe a sua filha, Leonato, e às suas damas de companhia agirem rapidamente. O mais engraçado será quando ambos acreditarem no amor de um pelo outro sem que ele exista ou que o tenham realmente dito. Não quero perder essa cena por nada deste mundo... Aliás, tive uma ideia – finaliza Dom Pedro, subindo as escadas da entrada do casarão. – Vamos pedir a Beatriz que chame Benedito para o jantar!

11

Pela lente do amor

Sozinho, Benedito caminha pelos jardins do casarão, refletindo sobre o que acabou de ouvir. "Será mesmo que ela me ama?", pergunta-se. Indignado por ter sido tão duramente criticado, reconhece que, de alguma forma, eles estão certos.

– Este amor precisa ser correspondido! – ele fala sozinho. Olha para os lados e, não vendo ninguém, prossegue em voz alta: – Nunca pensei em me casar... Felizes aqueles que ouvem as críticas e corrigem seus defeitos. Mas conseguirei mudar? Dizem que Beatriz é bela e realmente sou testemunha disso. Que é virtuosa eu também não posso negar. Que é inteligente em tudo, exceto por amar-me... Que absurdo!

Benedito percebe que, se Beatriz o ama, isso não é uma virtude, mas também não é nenhuma prova de insensatez.

– Creio que estou ficando horrivelmente apaixonado por ela. Corro o risco de que me joguem na cara todos os sarcasmos e gracejos com os quais ridicularizei o casamento. Mas quem não muda de ideia? Não posso modificar o meu gosto? Será que, quando somos crianças e não gostamos de alguma comida, ao crescermos somos obrigados a continuar não gostando?

Em seguida, passando a fazer apologia do casamento, busca argumentos que sustentem sua mudança:

– O mundo precisa ser povoado! Quando eu afirmava que morreria solteiro era porque não esperava viver até o dia do meu próprio casamento...

Benedito avista Beatriz descendo as escadas da entrada da casa. Ela caminha em sua direção. Chega bufando, sentindo-se obrigada a dirigir-lhe a palavra, mas Benedito prefere acreditar que ela está afoita, ansiosa por vê-lo. Ele se emociona com a sua aproximação, mostrando-se exibido no momento em que ela o aborda.

– Contra a minha vontade, fui incumbida de chamá-lo para o jantar!

– Minha bela Beatriz – ele diz, provocando enorme estranheza nela –, agradeço o incômodo que lhe causei, não queria dar-lhe trabalho...

– Não me incomodei mais para receber os seus agradecimentos do que o senhor para agradecer-me – ela volta à carga com mais ironias. E completa: – Se me fosse tão penoso, não teria vindo!

Ela volta-se para retornar à casa, mas Benedito a detém:

– Espere... Quer dizer, então, que você sentiu prazer em me trazer esse recado?! – ele pergunta, orgulhoso.

Surpresa com as palavras que acaba de ouvir, Beatriz demora um pouco para recompor-se:

– Tanto prazer quanto o senhor teria se pudesse estrangular uma gralha estúpida! Se não está com fome, adeus! – ela encerra, e sai no mesmo passo impetuoso com que veio.

Meio abobalhado, Benedito busca interpretações que lhe sejam convenientes para entender as palavras de Beatriz:

– "Contra a minha vontade, fui incumbida de chamá-lo para o jantar..." Ah, isso tem duplo sentido! "Não me incomodei mais para receber os seus agradecimentos do que o senhor para agradecer-me..." É como se dissesse: "Todo trabalho que eu tiver por sua causa será tão agradável quanto receber um agradecimento seu!". Ah, se eu não tiver pena dela, serei um ordinário. E, se eu não a amar, serei um sórdido insensível! Vou arranjar um retrato dela para poder admirá-la a sós!

12

Uma doce isca para Beatriz

Depois da bem-sucedida investida para ludibriar Benedito, é a vez de atuar na outra frente. Coube a Hero e a suas damas de companhia, Margarida e Úrsula, fazerem crer a Beatriz sobre o amor que Benedito lhe dedicaria.

Na manhã seguinte, Margarida dá início à trama: corre à sala de visitas, onde Beatriz se encontra com o príncipe e Cláudio, e segreda-lhe ao ouvido que sua prima e Úrsula estão no jardim trocando confidências a seu respeito. Se quiser confirmar o que diz, basta correr até lá, esconder-se atrás de um arbusto e ouvir o que falam sobre ela.

Enquanto isso, Hero e Úrsula combinam os últimos detalhes: passeariam pelas alamedas do jardim, sempre próximas aos caramanchões, para que Beatriz pudesse esconder-se e pensar que não a viam. Deveriam tratar de elogiar Benedito mais do que qualquer homem o pudesse merecer, afirmando que o pobre está doente de amor por ela.

Ao avistarem sua presa se aproximando como uma ave rasteira, deslizando por trás dos altos arbustos e se agachando para não ser vista, Úrsula cochicha para Hero:

– A pescaria mais divertida é quando a gente vê o peixe cortar a linha de prata com suas barbatanas de ouro e devorar a apetitosa isca. Vamos atirar a linha para Beatriz... Não tenha receio por mim, senhora, desempenharei bem o meu papel.

– Então vamos dar a ela a nossa doce e falsa isca... – diz Hero, preparada para o bote.

As duas se posicionam e, assim como fizeram Dom Pedro, Leonato e Cláudio, começam a falar alto, para que Beatriz possa ouvi-las.

– Cara Úrsula, eu conheço a minha prima, ela é muito reservada e tem o espírito selvagem como um indomável falcão que jamais se domestica.

– Mas a senhora tem certeza de que Benedito ama Beatriz com uma paixão avassaladora?

– Eu mesma não pude confirmar, mas é o que afirmaram o príncipe e meu querido noivo...

Beatriz fica estarrecida com as palavras proferidas por sua prima. Crê que estejam loucas, pois o que dizem não pode ser verdade.

– Pediram-me que contasse a minha prima – prossegue Hero –, mas eu os dissuadi, dizendo que, se eram amigos de Benedito, deveriam aconselhá-lo a lutar contra essa paixão e nunca deixar Beatriz descobri-la.

Atrás de uma madressilva, Beatriz começa a crer que a prima esteja falando seriamente. "Suas palavras parecem honestas e fazem sentido", ela pensa.

– Por que fez isso, senhora? Será que Beatriz não merece um homem tão valioso como esse?

– Úrsula, eu sei que Benedito merece tudo de melhor que possa ser concedido a um homem. Já Beatriz... a natureza jamais fabricou um coração tão cheio de orgulho como o de minha prima! O sarcasmo brilha em seu olhar, que encara

com desprezo tudo o que vê. Para ela, o que vem de fora não tem valor. Ela é tão altiva que nem pode conceber para si alguma forma de amor.

Úrsula se diz convencida de que realmente é melhor para Beatriz não saber do amor que Benedito lhe dedica, pois certamente zombaria dele.

– Minha prima ri de qualquer homem, por mais sensato, nobre, jovem e belo que ele seja.

– Como assim, minha senhora?

– Se é loiro – explica Hero –, Beatriz diz que poderia ser sua irmã. Se é moreno, afirma que se parece mais com um borrão de tinta. Se for alto, chama-o de lança com uma cabeça espetada na ponta. Se for baixo, é um bule de ágata mal talhada. Se for falante, chama-o de cata-vento, que gira com qualquer sopro. E, se for calado, diz que é uma pedra que nenhum furacão fará mover.

– Meu Deus! – Úrsula leva as mãos ao rosto, simulando estarrecimento.

– Assim, ela zomba dos defeitos de todos, sem enaltecer nenhuma virtude...

– Realmente, essas ironias não são nem um pouco recomendáveis...

– Ela não poderia ser tão irônica e intransigente! Mas quem se atreve a dizer-lhe isso? Se eu abrisse minha boca, seria ridicularizada na frente de todos, ela iria me torturar até a morte! Portanto – conclui Hero –, deixemos Benedito, como a brasa debaixo da cinza, consumir-se de tanto suspirar, e que internamente venha a se esgotar... Sempre será melhor morrer assim do que coberto de escárnio – ela exagera –, o que é tão cruel como morrer de cócegas!

Úrsula estimula sua dama a contar tudo para Beatriz e ver o que acontece. Mas Hero não concorda; crê que o melhor seria o contrário: aconselhar Benedito a lutar contra a sua paixão. Diz que, se preciso, chegaria até a inventar alguma calúnia só para prejudicar a imagem da prima.

– Ninguém sabe até que ponto uma palavra maldosa pode envenenar um amor – avalia Hero.

– Julgo sua prima muito viva. Ela não recusaria um homem tão raro e fino como o senhor Benedito!

– Homem igual não se acha em toda a Itália, exceto, claro, o meu querido Cláudio!

– A senhora me desculpe, mas o senhor Benedito, quanto à forma, espírito e coragem, é o homem mais notável de toda a Itália.

– Ele possui excelente reputação...

– Aliás, minha senhora, qual é mesmo o dia de seu casamento? – Úrsula muda de assunto.

Hero diz que ainda faltam alguns dias e convida sua dama de companhia para ajudá-la a escolher o melhor vestido para a cerimônia.

Ao subirem as escadas de volta ao casarão, Úrsula comenta, baixinho:

– Tenho certeza de que ela caiu em nossa rede... Conseguimos apanhá-la, senhora!

– Se isso acontecer, estará provado que o amor depende dos acasos: há cupidos que matam com setas e outros que alvejam com armadilhas...

Atordoada, Beatriz caminha a esmo pelos jardins.

– Meu Deus, minhas orelhas estão fervendo! – ela diz para si mesma. – Será verdade o que disseram? As duas me acusaram de ser orgulhosa... Logo eu! Mas, se é assim... adeus, orgulho da inocência! Se você me ama, Benedito, devolverei na mesma moeda. Amanse meu coração arisco com sua mão suave... Se você realmente me quer, a minha ternura unirá nossos amores com um laço sagrado! Dizem que é merecedor do meu amor... Eu agora quero-o por mim e não pela opinião dos outros! Benedito, serei sua!

13

O convite do ardiloso Dom João

Benedito, contagiado pela força do amor súbito, sente-se diferente do que era antes, inclusive tendo mudado, nos últimos dias, sua aparência física.

Depois de uma semana em Messina, apresenta-se sem barba, perfumado e alinhado. Parece outro homem, com o semblante mais doce, menos sisudo, surpreendendo seus velhos amigos e também o príncipe, que, neste momento, conversa com Cláudio e com o governador.

– Ficarei na Sicília por mais um dia, apenas até a celebração do seu casamento, Cláudio – anuncia Dom Pedro. – Em seguida, partirei para Aragão.

– Mas, senhor... Havia prometido hospedar-se em Messina por cerca de um mês! – argumenta Leonato, decepcionado com a decisão do príncipe.

– Há questões importantes que exigem minha presença no coração do reino... O senhor compreenderá, tenho certeza.

– Eu o acompanharei, senhor. Se me permitir, é claro! – interrompe Cláudio.

– De modo algum! – nega o príncipe. E explica: – Se não ficar, caro conde, será como ofuscar o brilho de seu casamento, como mostrar uma roupa nova a uma criança e proibi-la de a vestir!

Em seguida, Dom Pedro pede a Benedito que o acompanhe a Aragão. Para convencê-lo, argumenta que seria uma ótima companhia, já que é sempre tão espirituoso.

– E apesar disso, Benedito, o seu coração é duro como uma pedra – provoca o príncipe. – É por isso que quando fala o que sente usa palavras tão duras!

– Perdoe-me discordar dos senhores galanteadores aqui

presentes, mas já não sou o que era antes – alerta Benedito, dirigindo-se aos três, que tanto se intrometem na sua vida.

Leonato diz enxergar uma certa tristeza em seus olhos. Cláudio vai direto ao ponto e insinua que esteja apaixonado. Dom Pedro finge discordar, cutucando-o:

– Seria mais fácil para Benedito enforcar-se do que apaixonar-se. Não há nele uma única gota de sangue com o gosto do amor... Vai ver está sem dinheiro, por isso está com essa cara!

– É que estou com dor de dente – Benedito inventa a primeira mentira que lhe vem à cabeça.

– Então arranque-o – aconselha Dom Pedro.

– Mas tantos suspiros por uma dor de dente? – Leonato volta à carga.

– Bem, todos podem sufocar uma dor, menos quem padece dela – Benedito tenta encerrar o assunto.

– Torno a repetir: ele está amando – insiste Cláudio.

– Não parece que esteja apaixonado, a não ser pelos trajes estranhos que usa – conjectura Dom Pedro, chamando a atenção para a variedade de roupas com que Benedito tem se apresentado. – Essas são as suas maluquices e não alguma paixão, como os senhores supõem...

Mas Cláudio segue enumerando sinais que demonstram estar Benedito apaixonado. Repara que anda escovando o chapéu todas as manhãs e lembra que tem frequentado o barbeiro diariamente.

– Perceberam que ele retirou de suas bochechas o velho armamento que nelas carregava? – comenta Cláudio.

– É verdade que sem a barba ficou mais jovem... – observa Leonato.

– E a coisa não para aí – acrescenta Dom Pedro –, ele anda esfregando almíscar pelo corpo. O que será que significa esse perfume?

– Significa que nosso amigo está enamorado – Cláudio provoca.

– Então, só há uma conclusão a tirar – afirma o príncipe. – O nosso homem está amando!

– E eu conheço a pessoa a quem ama – comunica Cláudio.

– Gostaria de saber de quem se trata – diz Dom Pedro. – Mas aposto que essa pessoa não o conhece.

– Conhece, sim... E conhece todos os seus defeitos, mas, apesar de tudo, morre de amores por ele!

– Então ela morrerá nos braços de Benedito – Dom Pedro brinca.

Depois de ouvir tantas suposições a seu respeito e cansado dos gracejos dos amigos, Benedito se manifesta:

– Nada disso resolve a minha dor de dente!

Mas, demonstrando cautela e fazendo mistério, Benedito puxa Leonato pelo braço:

– Venerável senhor – ele exagera na reverência –, não quer dar um passeio comigo? Andei preparando umas oito ou nove palavras sérias para lhe dizer, mas com estes dois por aqui nada há para falar...

Cláudio e Dom Pedro silenciam, pensativos. Leonato pisca um olho para os dois e aceita o convite de Benedito, saindo abraçado com ele.

– Aposto minha vida que vai falar sobre Beatriz – desafia Dom Pedro.

– É evidente – concorda Cláudio. – Pelo outro lado, soube que Hero, Margarida e Úrsula desempenharam bem os seus papéis. Dessa forma, o encontro das duas feras não resultará em mordidas!

Nesse instante, aproveitando-se da ausência de Leonato, Dom João aparece, preparando terreno para a intriga planejada com Boráquio dias antes. Naquela noite, véspera do casamento, provocariam o tumulto necessário para boicotar o enlace entre Cláudio e Hero.

Dom João dirige-se ao irmão com o respeito devido a um príncipe a quem se está submetido. Diz que deseja falar-lhe em particular, mas que, pensando melhor, seria conveniente que

Cláudio também participasse da conversa, pois trata-se de assunto de seu interesse.

– De que se trata? – pergunta o príncipe, desconfiado.

– É amanhã que o senhor pretende casar-se? – Dom João pergunta a Cláudio.

– Você sabe que a intenção dele é essa – intervém Dom Pedro. – Vamos logo, meu irmão...

– Não sei se ele manterá esse intento após saber o que eu sei – Dom João faz suspense.

– Se há algum impedimento para que eu me case, fale logo! – pede Cláudio, impaciente.

– Se pensa que não sou seu amigo – diz Dom João a Cláudio –, é porque não sabe da afeição que sinto pelo senhor. Mas fará melhor juízo a meu respeito depois do que lhe vou revelar.

Dom João é astuto e conduz a conversa com habilidade. Lembra a Cláudio que seu irmão o tem na mais alta estima e que, agindo com toda sinceridade, o ajudou a acertar o enlace com Hero. Mas lamenta:

– O senhor certamente perdeu tempo, meu irmão, ao pedir a mão da noiva. Teve um trabalho inútil!

– O que quer dizer com isso?

– Abreviarei os pormenores e, em poucas palavras, vou contar-lhes o que já está na boca de todo mundo: a sua noiva, caro Cláudio, é infiel!

– Quem? Hero? – ele pergunta, estarrecido.

– Ela mesma. Hero, a filha de Leonato, a sua Hero, a Hero de todos os homens! – Dom João diz, sentindo enorme prazer.

– Infiel?! – Cláudio mostra-se incrédulo.

Dom João aproveita-se do estarrecimento de seu inimigo não declarado e descarrega seu discurso venenoso:

– Infiel é uma palavra muito suave para definir toda a perversidade dessa jovem! Mas não fique tão espantado antes que eu prove o que digo: venha comigo esta noite, véspera de seu casamento, para ver como a sacada do quarto dela será escalada... Se depois disso o senhor continuar a amá-la, então case-se com ela amanhã. Mas creio que conviria a sua honra que mudasse de ideia.

Cláudio e Dom Pedro aconselham-se e duvidam das afirmações de Dom João, que insiste:

– Se tem coragem, venha comigo e lhe mostrarei o suficiente para convencê-lo do que digo. Depois, quando tiver visto e ouvido o bastante, só lhe restará proceder conforme lhe ditar sua consciência.

– Se esta noite eu vir algo que me faça desistir de desposá-la, amanhã irei humilhá-la diante de todos, na própria igreja onde está marcada a cerimônia!

– E como fui eu que lhe fiz a corte em seu nome – reflete Dom Pedro –, juntar-me-ei a você para desonrá-la! – Mas ressalta: – Se essa história se confirmar, é claro!

Satisfeito com o resultado alcançado até então, Dom João acha mais prudente parar por ali e confiar na cena preparada para a noite.

– Conservem a serenidade e aguardem os acontecimentos – ele aconselha.

– Oh, que notícia mais infeliz! – avalia Dom Pedro.

– Que estranha e surpreendente desgraça atravessa o meu caminho... – lamenta-se Cláudio, antecipadamente desiludido.

– Ainda bem que evitaremos uma calamidade a tempo – orgulha-se Dom João. – Quando tudo isso passar, vocês irão me agradecer!

14

Dogberry e Verges comandam a ronda noturna

Como o domínio de Aragão sobre a Sicília é bastante recente, há ainda resquícios dos governantes anteriores, os normandos. Assim, a burocracia, a estrutura do Estado, a Justiça, por exemplo, ainda não foram alteradas.

Dogberry é oficial de justiça da corte, e Verges, chefe da guarda municipal. Inseparáveis, orientam a ronda noturna pelas ruas e praças de Messina, executada por vários guardas.

Formando uma confusa fila indiana, esses homens dão a segunda volta completa pela praça da catedral do Duomo.

– Verges – diz Dogberry, com sua cara redonda, toda respingada de suor –, estes homens são gente fiel, de confiança?

– Certamente, senhor – confirma o chefe da guarda, um homem mais velho do que o oficial de justiça e franzino como uma vara.

– Em primeiro lugar – diz Dogberry –, qual é o homem que o senhor julga mais *incapaz* para ser o chefe das rondas?

– Temos dois homens, senhor, que são merecedores de tal distinção, pois ambos sabem ler e escrever – responde Verges. E diz seus nomes: – Hugo Bolo-de-Aveia e Jorge Carvão-de-Pedra.

Dogberry e Verges são homens rústicos que vivem se atrapalhando com as palavras, trocando-as, alterando o sentido do que pretendem dizer, cometendo ambiguidades e equívocos.

– Chame aquele ali.

– Apresente-se, senhor Carvão-de-Pedra...

Dogberry o examina:

– Muito bem, Deus o favoreceu com um bom nome, pois do carvão se tira energia. Além disso, tem a sorte de ter boa aparência e deve agradecer à natureza por saber ler e escrever! Creio que o senhor é o mais *insensato* e adequado para o posto de chefe das rondas noturnas, portanto carregará o lampião... Ouça agora as instruções: deverá *compreender* todos os pedregulhos, quer dizer, todos os vagabundos que vir, e deverá deter qualquer pessoa que passe por aqui, sempre em nome do príncipe.

– E se algum vagabundo se recusar a parar? – pergunta Carvão-de-Pedra.

– Bem, então não precisa detê-lo, deixe-o ir... – diz Dogberry com naturalidade. – Aí o senhor chama todos os homens da patrulha e dá graças a Deus de se ver livre de um patife.

– Se ele não obedecer quando o mandarem parar é porque não é súdito do príncipe – Verges reforça a contraordem.

– É verdade. E os senhores só têm de se ver com os súditos do príncipe – esclarece Dogberry. E instrui-lhes com nova orientação: – Também não devem fazer barulho nas ruas, pois uma patrulha tagarela é *tolerável*, não se deve suportar!

– O senhor pode ficar tranquilo, grande oficial. Nós gostamos mais de dormir do que de falar! Sabemos bem quais são as obrigações de uma ronda noturna – diz o guarda Carvão-de-Pedra, invertendo qualquer razão ou bom senso.

– Gostei do senhor, fala como um veterano e pacífico guarda. Realmente, não vejo mal algum em um guarda dormir durante a ronda. Tome cuidado, apenas, para que não lhes roubem as armas – alerta Dogberry. – Além disso, devem ir a todas as cervejarias da cidade e ordenar aos que estiverem embriagados que sigam direto para a cama.

– E se não quiserem ir? – pergunta o guarda.

– Bem, nesses casos deixem-nos em paz até que fiquem sóbrios.

– Está bem, senhor.

Para concluir, Dogberry passa-lhes mais uma instrução:

– Se encontrarem um ladrão, desconfiem dele, pois essa é a função de um guarda, e supõe-se que um ladrão não seja um homem de bem. Quanto menos palavras dirigirem a gente dessa laia, melhor para a honestidade de vocês.

– Mas se virmos que é ladrão não devemos prendê-lo? – pergunta o guarda.

– Em atenção ao cargo que desempenham, sim, podem prendê-lo. Mas eu sou da opinião de que quem mexe com fogo é para se queimar. O melhor a fazer, se agarrarem um ladrão, é deixar que ele se comprometa a si mesmo e roube longe de sua companhia – instrui Dogberry.

Verges elogia seu companheiro de ofício, sempre tão misericordioso. Dogberry, sentindo-se a cada momento mais orgulhoso de suas posturas, decide encerrar a sessão de instruções, recomendando ao chefe da guarda que represente a pessoa do príncipe em suas rondas.

– Mas – ressalta Dogberry –, se o encontrar durante a noite, pode mandar prendê-lo.

– Minha nossa! Prender o príncipe? Isso não podemos fazer! – Verges se assusta.

– Aposto 5 xelins contra 1 com qualquer homem que conheça as estátuas, quer dizer, os estatutos, que pode detê-lo, sim – desafia Dogberry. – Mas, claro, sempre com o consentimento do próprio príncipe, pois não se deve ofender nem deter alguém contra sua vontade!

– Agora, sim, concordo! – aceita Verges.

– Vão, vão, vão... Meus senhores, passem bem. Se algo grave ocorrer, chamem-me! – Dogberry afasta-se e Verges o segue, marchando com determinação.

Jorge Carvão-de-Pedra, imbuído do pequeno poder que lhe foi atribuído poucos minutos antes, dirige-se aos seus homens já como chefe das rondas:

– Agora, senhores, sabemos quais são as nossas obrigações. Ordeno a todos que se sentem imediatamente, bem ali diante das portas da catedral, e permaneçam em silêncio até as duas horas. Depois iremos todos para a cama! – ele orienta, debaixo de uma fina garoa.

Dogberry retorna à praça. Faz pose de sentido e dirige-se ao grupo, já sentado nas escadarias:

– Mais uma palavrinha, senhores. Façam-me o favor de separar um ou dois homens para rondar a casa do senhor Leonato. Como amanhã cedo é o casamento de sua filha, haverá grande barulho por aqueles lados esta noite. Adeus, e fiquem vigilantes... Mas fiquem à vontade! Bom sono a todos...

15

Conrado e Boráquio viram prisioneiros

Depois de haver-se prestado a concretizar o plano em favor de seu amo Dom João, Boráquio, já embriagado, passeia de madrugada pelas ruas de Messina, acompanhado de Conrado. Caminham perto da catedral do Duomo quando a garoa, que até então caía fina, começa a apertar. Os dois decidem proteger-se debaixo de um alpendre.

– E então, Boráquio, vai contar-me como tudo se passou ou não?

– Calma, Conrado, vou contar-lhe tudo, como um verdadeiro borracho.

Eles não percebem a presença dos guardas da ronda noturna, sentados diante da catedral, alguns sonolentos, outros já dormindo pelos cantos. Hugo Bolo-de-Aveia, o guarda preterido por Dogberry para o posto de chefe das rondas, ouve o murmurar dos dois e faz sinal para seu novo chefe, Jorge Carvão-de-Pedra. Eles ficam à espreita, escutando a conversa, que, de antemão, julgam tratar-se de algum complô.

– Fique sabendo que recebi mil ducados de Dom João!

– Será possível que uma infâmia dessas custe tão caro? – pergunta Conrado, surpreso.

– Seria melhor que me tivesse perguntado se é possível um vilão ser tão rico! Quando os vilões ricos necessitam dos vilões pobres – ele bate no próprio peito –, os vilões pobres podem fazer o preço que quiserem!

– Estou realmente admirado!

– Isso demonstra como você é inocente, pobre Conrado. Você sabe que o gibão, o chapéu e a capa usados por um homem como manda a moda pouco ou nada dizem a seu respeito, não é?

– Na verdade, tudo é apenas a roupa que ele veste! – conforma-se Conrado.

– Não, não apenas a roupa... Importa a moda!

– Ora, a moda é a moda – rebate Conrado.

– O que é isso? É como se eu dissesse que um tolo é um tolo. Você não vê que a moda é um ladrão insolente?

Os guardas se espantam com o que ouvem. Carvão-de-Pedra comenta com Bolo-de-Aveia:

– Conheço esse tal Insolente! É um refinado ladrão que age na cidade há cerca de sete anos. É um tipo bem vestido, um fidalgo. Lembro-me bem do seu nome...

– Você não ouviu um barulho, Conrado?

– Não... Deve ser o cata-vento no telhado daquela casa... – E, já impaciente: – Mas, afinal, Boráquio, não vai me contar o que aconteceu?

– Esta noite fiz a corte a Margarida, a dama de companhia da menina Hero...

– Eu sei quem ela é, Boráquio. Prossiga!

– Escalei a sacada dos aposentos da filha do governador e encontrei-me com Margarida. Ficamos debruçados na janela de sua senhora. Beijei-a e chamei-a pelo nome de Hero. Margarida desejou-me boa-noite mais de mil vezes... Oh, mas estou confuso, sou um péssimo narrador!

– Não, não, está tudo claro. Continue... – estimula Conrado.

– Eu deveria primeiro ter contado como o príncipe e Cláudio, convencidos por meu amo Dom João, assistiram, de longe, no jardim, a esse espetáculo, a esse amável encontro.

– Quer dizer que eles ficaram pensando que Margarida fosse Hero?

– Dois deles, sim... O príncipe e Cláudio acreditaram em tudo o que pensavam que viam. Apenas o demônio do meu mestre sabia que se tratava de Margarida! Acreditaram, por um lado, pelo que Dom João lhes afirmara antes, pois já os havia posto de pé atrás, enfeitiçando-os. Por outro lado, acreditaram porque foram traídos pela escuridão da noite, que os iludiu. Agora, digo eu, acreditaram principalmente por causa da minha vilania, que veio confirmar todas as calúnias inventadas por Dom João.

– E como eles reagiram? – pergunta Conrado, ansioso.

– Cláudio partiu furioso, jurando que iria encontrar-se com Hero, amanhã, conforme combinado, nesta catedral aqui – Boráquio bate com a palma da mão nas pedras da parede da catedral do Duomo. – Então, diante de todos, humilharia a noiva, contando o que vira esta noite e a faria voltar para casa sem marido... Não é incrível, Conrado?!

Feliz com sua façanha, Boráquio prepara-se para sair de baixo da cobertura onde se encontra, pois o chuvisco parece ter cessado, quando é surpreendido por uma voz de prisão:

– Em nome do príncipe, os senhores estão presos! – anuncia Hugo Bolo-de-Aveia. Chama os outros guardas: – Detenham-nos!

Jorge Carvão-de-Pedra procura impor seu comando e ordena, apontando para um dos membros da guarda:

– Vá chamar o oficial de justiça. Diga-lhe que descobrimos a mais perigosa obra de *lealdade* de que jamais se ouviu falar neste Estado!

Hugo Bolo-de-Aveia acrescenta, afoito:

– Diga-lhe também que um tal Insolente faz parte do bando, e parece que usa uma madeixa pendurada, assim... – E mostra como é.

Conrado não se conforma por estar sendo preso e tenta dissuadir os guardas, em vão. Carvão-de-Pedra alerta-os:

– Os senhores serão obrigados a entregar esse tal Insolente!

Mas é Bolo-de-Aveia quem arremata:

– Nem mais uma palavra! Em nome da lei, *desobedeçam* e venham conosco... Venham, venham... – Ele empurra os prisioneiros.

Boráquio, apesar de tudo, ainda encontra humor para um gracejo:

– Agora, apanhados pelas armas de homens como esses, é que vamos provar que somos boa mercadoria... Valeremos mais, essa é uma vantagem nossa!

– Mercadoria de qualidade duvidosa – acrescenta Conrado, sem ânimo. – Se valermos algo, agora, será apenas para a Justiça... Podemos ir, senhores, nós lhes obedeceremos.

16

Uma noiva feliz

O início do dia aponta para ventos mais favoráveis, ao menos em relação às condições meteorológicas, do que a previsão dos fatos. O céu está límpido, ao contrário de toda a noite de tormenta para uns e vilania para outros.

No quarto de Hero, reina a inocência. Sem imaginar o que se passa fora das paredes de sua casa, a donzela se apronta para a cerimônia de casamento, auxiliada pelas damas de companhia.

– Úrsula, minha boa Úrsula, são seis e meia, vá acordar minha prima Beatriz. Peça-lhe que se levante e venha logo até aqui!

– Já estou indo, senhora.

Margarida ajuda a arrumar o vestido da noiva. Tendo dormido duas horas apenas, a sonolenta Marga – como Hero a chamava – não se sente muito à vontade, após o encontro com Boráquio na janela dos aposentos de sua dama. Sem saber bem por que, não gostou da brincadeira de fazer-se passar por Hero. "Tem alguma coisa estranha nessa história", pensava.

– Senhora... Palavra que o outro colar me pareceu mais lindo – avalia Margarida, mostrando uma espécie de palatina, com seu tecido estendendo-se pelos ombros.

– Não, minha querida Marga, quero usar este mesmo.

– Garanto que não lhe cai bem. Tenho certeza de que sua prima será da mesma opinião.

– Minha prima é uma louca e você é outra! – Hero descarrega sua tensão sobre a criada. – Vou usar este colar e pronto!

Margarida muda de tema e elogia o penteado de sua dama. Diz que o vestido é encantador e avaliza sua opinião afirmando ter visto o tão elogiado vestido da duquesa de Milão quando ela esteve na cidade.

– Oh, esse é incomparável – comenta Hero. – Dizem que está acima de qualquer elogio.

– Juro que, se comparado com o seu, é apenas um vestido de dormir! – Margarida exagera. E descreve-o: – É um vestido com relevos de fios de ouro, com decotes e renda de prata, e todo ornamentado de pérolas ao longo das mangas. A saia é bordada com um tecido azulado e reluzente... Mas, como beleza, delicadeza, elegância, graça e exuberância de corte, o seu vale dez vezes mais!

– Deus me dê alegria para vesti-lo, porque sinto o coração muito pesado – diz Hero, levando as mãos ao peito.

– E em breve estará mais oprimido ainda, debaixo do peso de um homem sobre a senhora – opina Margarida, maliciosa.

– Cale-se, Marga! Não tem vergonha? E nem fica vermelha ao dizer tal coisa?!

– Vergonha de quê, minha senhora? De falar sobre o que é decente? Ora, o casamento, mesmo que seja o de um mendigo, não será honroso? O que me parece é que haveria de preferir que eu dissesse, com todo respeito, "debaixo do peso de um marido". Mas se um mau pensamento não torcer o sentido de uma palavra, eu não estarei ofendendo ninguém. Haverá algum mal em dizer "o peso de um homem"? Que eu saiba, mal nenhum, principalmente se esse homem for um marido legítimo, e a mulher, sua legítima esposa. De outro modo seria uma leviandade leve e não um peso pesado. Se não é assim, pergunte à senhora Beatriz, que chega neste instante!

Beatriz aparece, para surpresa de sua prima, já vestida e pronta para a cerimônia. Com ar fatigado, cumprimenta a prima:

– Bom dia, querida Hero.

– Que é isso? Por que esse tom tão melancólico?

– Não saberia falar de outra maneira. Acho, então, que estou fora de qualquer tom!

Margarida, esta sim parecendo fora de sintonia, intervém:

– Nesse caso, por que não tenta cantar *Luz de amor*? Cante-a que irei dançá-la! – ela propõe, cantarolando um trecho da canção.

– Claro, irei cantá-la sim – Beatriz responde, irônica. Volta-se para Hero e apressa-a: – São quase 7 horas, prima. Já é tempo de estar pronta... Hum, palavra que não me sinto muito bem... Hummm... – ela geme, pesarosa.

Margarida, desbocada, solta mais uma:

– O que foi? Está clamando por mais música ou por um marido?

– O que eu estou sentindo tem nome: sofrimento. Hummmm... – ela reforça seu mal-estar, estendendo o gemido...

– Bem, se a senhora não mudar de opinião... Se o impossível não deixar de sê-lo...

– Que quer dizer essa louca? – Beatriz pergunta para Hero, indignada com o assanhamento e intromissão de Margarida.

– Não quero dizer nada. A única coisa que peço é que Deus dê a cada um o que o seu coração desejar – Margarida insinua que Beatriz esteja buscando um marido.

Hero mostra à prima um par de luvas enviadas por Cláudio para serem usadas na cerimônia. Hero sente o perfume do conde impregnado no tecido. Embriagada de amor, oferece-as a Beatriz.

– Não, não – ela as rejeita. – Estou meio resfriada, prima. Não tenho olfato... – inventa uma desculpa.

– Uma donzela sem olfato! – comenta Margarida. – Eis o que se pode chamar de uma excelente obstrução... Excelente para a castidade, quero dizer.

– Ó meu Deus, acuda-me! Que mulher espirituosa! Há quanto tempo exerce a profissão de cômica? – Beatriz pergunta.

– Desde que a senhora renunciou ao cargo. Eu não levo jeito?

– Não o suficiente...

Beatriz volta a queixar-se, demonstrando toda a sua indisposição. Margarida sugere um remédio:

– Tome água benta com um pouco de *Carduns benedictus*. Aplique a tintura sobre o coração: não há calmante melhor para as palpitações.

Hero se ri da indireta:

– Acaba de picá-la com seu cardo, Marga – refere-se a uma praga da lavoura.

– *Benedictus*! Por que *benedictus*? Isso traz algum sentido oculto? – Beatriz reage, perguntando o óbvio.

Margarida argumenta cinicamente que não há nenhuma outra intenção no que disse, que se referia simplesmente ao cardo-bento, ou cardo-santo, uma planta utilizada medicinalmente. E acrescenta:

– Não estou pensando que esteja enamorada... Não, juro por Nossa Senhora, não sou tão tola que acredite em tudo o que ouço...

Margarida comenta ainda sobre o fato de Benedito já não ser mais o mesmo homem de antes, que jurava nunca se casar:

– Agora está como os outros homens, apaixonado e comendo o pão do amor sem repugnância. Não sei se a senhora também se converteu, mas parece-me que agora sabe olhar os homens com seus próprios olhos, como fazem as outras mulheres – ela complementa, com o semblante de seriedade.

– Que passo é esse que a sua língua tomou? – pergunta Beatriz, num misto de espanto e admiração.

– O passo de um galope... e não é fingido!

Nesse instante, Úrsula entra no quarto, esbaforida, anunciando as horas e apressando a noiva:

– Já passa das 8, senhora. Vamos logo... O príncipe, o conde, o senhor Benedito, Dom João e todos os cavalheiros da cidade já estão a sua espera, e o seu pai está pronto para levá-la à catedral.

Hero, sentindo-se feliz e lisonjeada, pede à prima e às suas damas que a ajudem a terminar de vestir-se. Em seguida, saem.

17

Dogberry e Verges procuram o governador

Logo às primeiras luzes do dia, enquanto Hero se apronta em seus aposentos, em outro lado da casa seu pai atende à porta. Dogberry e Verges, um mais atrapalhado que o outro, queriam comunicar os recentes acontecimentos ao governador.

– Queríamos fazer-lhe uma confidência acerca de um caso que o *desinteressará* muito de perto – anuncia Dogberry.

Leonato olha para os céus, respira fundo e, já conhecendo os funcionários que tem, pede-lhes que contem tudo em poucas palavras, pois tem muita pressa.

– Com certeza, senhor – assente Dogberry.

– Exatamente, realmente, certamente... – concorda Verges.

– De que se trata, amigos? – Leonato bate as palmas das mãos, tentando apressá-los.

– O bom Verges desvia-se um pouco do assunto, senhor. Ele está velho, mas não é tão obtuso quanto, com a graça de Deus, eu gostaria que fosse. A verdade é que ele é um homem honesto como o diabo gosta!

– Sim, com a ajuda de Deus, eu sou honesto como qualquer outro homem vivo, já velho e que não seja mais honesto do que eu – enrola-se Verges.

– Essas comparações cheiram mal... – Dogberry despreza seu companheiro. E dá-lhe tapinhas nas costas: – Vamos, Verges, fale, fale...

Impaciente, Leonato irrita-se com os dois:

– Os senhores são fastidiosos!

– Obrigado. Vossa Senhoria nos honra com tantos louvores! Não passamos de meros oficiais... Na verdade, ainda que eu fosse tão fastidioso como um rei, a vontade do meu coração seria a de colocar todo o meu fastio ao seu dispor.

– Mas, afinal, o que têm para me dizer?

– Pois, senhor, é que nesta noite os guardas de nossa ronda apanharam os dois maiores patifes de Messina, tirando Vossa Senhoria, é claro.

– Perdão, senhor, Verges é um bom velhote, mas só quer falar e não tem nada a dizer – Dogberry tenta trazer as luzes de volta para si. – Como diz o ditado, quanto mais velho, mais caduco. Mas o mundo é assim... Em todo caso – vira-se para Verges –, falou bonito, companheiro! Na verdade, Deus é uma boa pessoa, mas, se dois homens montam o mesmo cavalo, um dos dois tem de, forçosamente, ir na garupa – diz, olhando para Verges, insinuando que a dianteira da conversa é sua. – Senhor, juro que ele é uma boa alma, mas, que Deus seja louvado, nem todos os homens são iguais...

– Realmente, ele não chega a seus pés... – Leonato faz um falso elogio, tentando não estender a conversa ainda mais.

Leonato os avisa que precisa ir, que tem muito o que fazer, que o dia está apenas começando... Mas Dogberry pede só mais uma palavra:

– Os nossos guardas *empreenderam* duas pessoas *suspeitadas* e queríamos que elas fossem *examinadas* esta manhã diante de Vossa Senhoria.

Leonato pede que ele mesmo proceda ao interrogatório e o informe depois sobre o resultado, pois, como sabem, está com muita pressa.

– Está bem, será *suplicante* – pronuncia Dogberry, querendo dizer que seria *suficiente*.

Aparece, nesse instante, um criado do governador, bastante apurado:

– Meu senhor, todos estão a sua espera para que acompanhe sua filha à catedral e a entregue ao noivo.

Leonato sai com o criado, sem outras despedidas. Dogberry dá instruções a Verges:

– Meu bom colega, vá procurar *Francisco* Carvão-de-Pedra e diga-lhe que leve a pena e o tinteiro para a cadeia, pois iremos proceder ao *examinatório* dos indivíduos.

– Devemos agir com toda a sabedoria – alerta Verges.

– Não pouparemos a inteligência, Verges, eu lhe prometo. Tenho em mente – bate com o indicador na testa – como fazer com que abram o bico. Vá buscar o escrivão para que anote a nossa *excomunicação* e depois encontre-me na cadeia.

18

Surpresa no altar

A praça da catedral estava repleta de gente. Boa parte da população de Messina se amontoava para ver os noivos, o príncipe, o governador, ou mesmo algum membro da corte, presente em massa à cerimônia de casamento da única filha e herdeira de Leonato.

Alguns oficiais do exército, companheiros do noivo e amigos do governador ocupavam o interior da catedral. Apenas Margarida e Úrsula se misturavam aos convidados ilustres do casamento de Hero e do conde Cláudio.

Frei Francisco estava incumbido de sacramentar o matrimônio. Próximo a ele estavam, além do apressado pai da noiva, sua agora avoada prima, Beatriz, e seu tio Antônio. Dos convidados mais ligados ao noivo estavam o príncipe Dom Pedro – e, atrás dele, Dom João, na espreita – e o também avoado Benedito, além do tio do conde Cláudio que vivia em Messina. Os semblantes dos noivos contrastavam entre si: Hero, encantada, e Cláudio, apreensivo.

– Vamos, frade, seja breve – Leonato solicita, ansioso. – Só as formalidades essenciais do casamento... Mais tarde o senhor terá tempo para enumerar os deveres mútuos dos esposos.

Frei Francisco, acatando as ordens do governador, vai, então, direto ao ponto crucial da cerimônia:

– Veio aqui, senhor – ele dirige-se a Cláudio –, para casar-se com esta dama?

– Não – responde o conde, surpreendendo todos.

– Não veio para casar-se e sim para contrair casamento com ela, irmão – Leonato prefere entender a negativa de Cláudio como um jogo de palavras. – O senhor, frade, é que veio para casá-los! Portanto, prossiga...

O frade aceita a justificativa e continua:

– Veio aqui, senhora – ele dirige-se a Hero –, para casar-se com este conde?

– Sim – ela responde prontamente.

O frade, então, por pura formalidade, pergunta à audiência se algum dos presentes conhece qualquer fato, íntimo ou até então oculto, que impeça a união, sob pena de condenação da alma de quem vier a omitir-se.

Cláudio, bastante sarcástico, pergunta a sua noiva:

– Sabe de algum impedimento, Hero?

– Não, meu senhor – ela responde surpresa.

– O senhor conhece algum, conde? – o frade lhe devolve a pergunta.

– Atrevo-me a responder por ele – antecipa-se Leonato. – Nenhum.

– Oh, como os homens são atrevidos! – Cláudio comenta, os olhos carregados de ódio. – O que os homens ousam fazer, diariamente, sem saber o que fazem...

Benedito se intromete:

– O que é isto, interjeições? Então, exponha ao menos alguma que faça rir – ele diz, dando uma pequena gargalhada, desconhecendo o sofrimento do amigo e companheiro de armas.

Cláudio não ouve as palavras de Benedito. Movimenta-se bastante sobre o altar da catedral, procurando manter-se afastado de Hero. Pergunta a Leonato:

– Com sua licença, pergunto-lhe: pai, é de livre e espontânea vontade que me cede esta donzela, sua filha?

– De tão boa vontade, filho, como Deus a deu a mim – ele responde, emocionado, apesar de estranhar o rumo que seu quase genro dá à cerimônia.

– E o que tenho eu para lhe dar em troca, cujo valor possa recompensar este rico e precioso presente? – Cláudio pergunta com ironia.

Dom Pedro não aguenta esperar mais pela lenta e comedida exposição de Cláudio. E interfere, respondendo:

– Nada a dar em troca, a não ser que a devolva ao pai!

A fala pomposa e segura de Dom Pedro silencia os protagonistas e os convidados da cerimônia. As lágrimas escorrem pelo rosto de Hero. Ela busca um olhar compreensivo e o encontra em Beatriz, que se mostra incrédula, mas ao mesmo tempo imobilizada, sem reação. O mesmo se dá com Benedito, enquanto Antônio e Leonato ardem de ódio e de vergonha, perplexos com a inesperada situação.

– Caro príncipe – Cláudio dirige-se a Dom Pedro –, o senhor ensinou-me a nobre virtude da gratidão, mas o momento não é para isso... – Volta-se para Leonato: – Leve sua filha – empurra-a em direção ao pai –, não dê essa laranja podre a um amigo, pois de honrada e bela ela só tem a aparência! Veja como ela cora feito uma donzela... Oh, com que sinceridade ela sabe mascarar a sua malícia! Tem-se a impressão de que o sangue que lhe sobe ao rosto é um modesto atestado de sua honra... Quem a contempla poderia jurar, pela aparência exterior, que é uma donzela. Mas não é! Ela não é uma donzela, conhece o calor de um leito de luxúria! O seu rubor é de culpa e vergonha, e não de inocência!

– O que quer dizer com isso, senhor? – pergunta Leonato, que não vê qualquer evidência concreta da acusação.

– Quer dizer que não quero casar-me! – responde Cláudio, fora de si. – Não desejo unir minha alma à de uma notória libertina!

– Não!!! – gritam muitos dos presentes.

Leonato, mais uma vez, procura contornar a situação, entendendo que Cláudio não resistira à exaltação de sua juventude:

– Se o senhor não se conteve... Se por acaso, conde, venceu a resistência de minha filha...

– Sei o que está querendo dizer, senhor... Que se eu a possuí, se a tive em meus braços e a beijei como um marido, tenho seu perdão por essa falta antecipada. Mas, não, senhor Leonato, nunca tentei seduzi-la com uma só palavra licenciosa... Ao

contrário, sempre lhe demonstrei uma inocente sinceridade e um respeitoso amor, como o de um irmão pela irmã.

– E não foi também esse o meu procedimento? – Hero consegue esboçar alguma reação.

– Malditas sejam as aparências! – grita Cláudio. – Eu a denunciarei! Para mim, você era como a deusa Diana em seu mundo, tão casta como o botão de uma flor antes de abrir... Porém, parece ter o sangue mais ardente do que a própria Vênus ou do que esses animais que uivam com uma selvagem sensualidade, parecendo estar sempre no cio.

Hero ainda tenta persistir, com forças tiradas não sabe de onde, contestando seu descontrolado noivo:

– Não estará o senhor doente, para falar comigo em termos tão grosseiros? – E olha para seu pai, como a pedir proteção.

Leonato, sentindo-se extremamente humilhado e estranhando a postura do príncipe, cobra dele alguma manifestação. Dom Pedro, por sua vez, sem compaixão alguma do pai da noiva, e lembrando-se da cena que presenciara na noite anterior, aprova a atitude do conde:

– O que eu posso dizer? Sinto-me envergonhado por ter me esforçado tanto em unir o meu caro amigo a uma mulher sem valor!

– Eu ouvi bem ou estarei sonhando? – pergunta-se Leonato, incrédulo.

Dom João, até então calado, e deliciando-se com a trágica e quase patética cena, acha que é o momento de agir:

– O senhor ouviu muito bem tudo o que foi dito até agora e posso assegurar-lhe que todas as palavras aqui ditas exprimem a mais pura verdade!

Benedito, sem saber o que dizer, expressa o primeiro pensamento que lhe vem à cabeça:

– Isto aqui não se parece nada com um casamento – e sorri, meio sem graça.

– Vejamos se isto tudo é um sonho... – Cláudio volta à carga, dirigindo-se a Leonato. – Ora, senhor, deixe-me fazer uma única pergunta a sua filha... O senhor, pelo paternal e bondoso poder que sobre ela tem, deve mandar que responda a verdade!

– Claro... – ele aceita o desafio. E dirige-se à filha: – Minha Hero, ordeno que fale com sinceridade!

– Ó meu Deus, ajude-me! – implora a pobre e doce Hero, rubra de tanta tristeza. – Atacam-me por todos os lados! Que tipo de interrogatório é este?

– Quero que responda qual o seu verdadeiro nome! – pede Cláudio.

– Ora, e o meu nome não é Hero? Quem pode manchar o meu nome com uma censura bem fundamentada? – ela desafia.

– Com certeza seu nome é Hero. E quem pode manchar a virtude de Hero é você mesma! – explica Cláudio. E ataca: – Quem era o homem que ontem à noite, entre meia-noite e uma da manhã, esteve com você em sua janela? Se é realmente uma donzela, responda a minha pergunta!

– Não estive com nenhum homem, meu senhor!

Próximo a Hero, Margarida empalidece ao ouvir as palavras do conde, pois toma consciência de que fora cruelmente usada por Boráquio. Temendo revelar o que de fato ocorrera, abandona a catedral, à procura de seu falso amante.

Dom Pedro dá um passo adiante e contesta a negativa de Hero, perguntando-lhe se não tem vergonha de agir assim. Garante a Leonato, por sua honra, que ele, seu fiel irmão e o ultrajado conde viram e ouviram, na referida hora da noite anterior, um devasso à janela do aposento de sua filha. Pede desculpas a Leonato, mas afirma que o aventureiro declarou que, já por mil vezes, e em segredo, tivera infames encontros com a jovem Hero.

Dom João aproveita a oportunidade de ter sido citado como testemunha e joga mais lenha na fogueira:

– Que horror, meu senhor... Essas coisas não devem ser nomeadas nem delas se deve falar. É uma vergonha! Não há palavras suficientemente pudicas, na linguagem dos homens, para exprimir o que vimos sem ofender os ouvidos dos presentes! –

Volta-se para Hero: – Dessa forma, formosa dama, a sua leviandade causa-me pena!

Cláudio, diante de sua ex-noiva e às lágrimas, lamenta-se:

– Ó Hero, que heroína teria sido se a metade de sua beleza fosse empregada para ornar os pensamentos e as inspirações do coração! Mas adeus, mulher tão bela e tão corrompida! Adeus, pura impiedade e impiedosa pureza! Por sua causa fecharei para sempre todas as portas do amor, e a suspeita ficará suspensa em minhas pálpebras, tendo de trocar sua beleza por pensamentos de maldade e nunca mais encontrar outro encanto para mim!

A extrema manifestação de amor, mas também de ódio, expressada por Cláudio comove os que até então conseguiam manter-se indiferentes ou incrédulos ao seu sofrimento.

Leonato, desesperado e humilhado, grita:

– Algum homem poderia oferecer-me um punhal para que eu o enfie em meu peito?

Ao ouvir as palavras do pai, Hero desmaia sobre o altar.

Beatriz socorre-a e, tomando-a nos braços, tenta reanimá-la. Dom João arrebata o noivo e seu irmão, levando-os dali.

Atrás deles, toda a corte e demais convidados se retiram. Antônio os segue, desconfiado, deixando na catedral apenas o frade, Benedito, Leonato e a pobre Hero, desmaiada no colo de Beatriz.

19

Frei Francisco aponta uma solução

Consternada com o infortúnio que se abateu sobre sua prima, Beatriz recebe o consolo de Benedito, que se mostra preocupado com as duas. Beatriz pede ajuda a frei Francisco e a seu tio. O frade consola-a, mas Leonato sente-se contrariado com o destino, não se conformando com a própria sorte.

– Ó destino, não retire sua pesada mão de cima de minha filha! A morte é o melhor véu com o qual se pode cobrir a desonra!

Hero dá sinais de recuperação. Beatriz tenta reanimá-la. O frade conforta-as, pedindo que se mantenham firmes, pois precisarão de muita coragem. Frei Francisco mostra-se reflexivo, procurando descobrir uma saída honrosa e inteligente para o escândalo.

– Ela abre os olhos? – pergunta Leonato.

– E por que não haveria de abri-los? – O frade não se conforma com a conduta do pai da noiva.

– Por quê? Ora, será que todas as coisas deste mundo não proclamam a sua desonra? Pode ela negar o que trouxe impresso no rubor do rosto? – E olha para a filha caída no chão: – Hero, não viva, por favor... Não abra mais os olhos, porque se eu pensar que ainda viverá muito tempo, se eu acreditar que sua alma será mais forte do que sua vergonha, eu mesmo, com a força que os seus remorsos não têm, extinguirei seu sopro de vida!

Leonato queixa-se de ter tido uma filha única, mas considera que, afinal, foi melhor assim, que ela já foi em demasia. Lamenta-se por tê-la amado tanto, a ponto de esquecer-se da própria vida e concentrar-se apenas na dela.

Benedito pede-lhe paciência, enquanto Beatriz reclama que sua prima foi caluniada.

– A senhora dormiu no quarto dela a noite passada? – pergunta Benedito.

– Justamente esta noite não, apesar de, durante todo um ano, ter sido a única a dormir em sua companhia!

– Estão vendo? Mais uma confirmação! – diz Leonato, sentindo-se derrotado. Pessimista, vai mais longe: – O que antes já estava seguro com barras de ferro, mais seguro se torna agora! Poderiam os dois príncipes, Dom Pedro e Dom João, mentir para todos nós? E Cláudio, que a amava tanto, a ponto de, quando falava de sua impureza, parecer lavá-la com lágrimas... Poderia ele mentir também? Ora, deixem-na... Deixem que ela morra!

Nesse momento, vendo o episódio ganhar vulto no coração de todos, frei Francisco intervém. Equilibrado, ele é o único capaz de raciocinar com frieza, cautela e inteligência.

– Ouçam-me por um momento, por favor. Se mantive silêncio todo esse tempo, deixando os acontecimentos seguirem o próprio curso, foi porque estive observando a dama. – E aponta para Hero, que recobra os sentidos. – Vi subirem mil rubores à sua face, que por sua vez desvaneceram mil vezes em inocente palidez. Vi dos seus olhos saírem chamas capazes de queimar as suspeitas que aqueles príncipes sustentaram contra a sua real virgindade. Podem me chamar de louco, mas confiem na minha observação, selada na minha experiência. Levem em conta a minha idade avançada, a minha dignidade, a minha vocação, o meu sagrado ministério religioso... Acreditem em mim, pois estou seguro: esta amável dama que aqui se encontra caída aos nossos pés está sendo vítima de um cruel engano!

Leonato ouve as palavras do frade, mas não se convence, acreditando que esteja equivocado. Alega que sua filha não negou o crime do qual está sendo acusada, e que não há desculpa que possa ocultar o que se mostra tão evidente.

– Senhora, quem é o homem a que se referem ao acusá-la? – quer saber o frade.

– Só o conhecem os que me acusam, eu não! Se por acaso fui com algum homem além do que é permitido a uma donzela, quero que não haja perdão a todos os meus pecados! – E volta-se para o seu pai, angustiada: – Ai, meu pai, se conseguir a prova de que qualquer homem conversou comigo em alguma hora proibida, renegue-me, então, odeie-me, torture-me até a morte!

O frade reafirma seu julgamento de que tudo não passa de um estranhíssimo equívoco. Benedito, por sua vez, levanta uma suspeita:

– Dois deles são a honra personificada, o príncipe de Aragão e o conde de Florença. Se houve algum desvio de conduta, a intriga deve ter partido de Dom João, o bastardo, cujo espírito anda sempre ocupado em tramar vilezas!

Os argumentos do frade e de Benedito levam Leonato a abrandar o seu discurso, começando a admitir a possibilidade de calúnia.

– Não sei... – pondera. – Se o que dizem de minha filha é verdade, estas mãos a trucidarão... Se, porém, caluniaram a sua honra, o mais altivo deles terá de se entender comigo! O tempo ainda não secou meu sangue, nem a velhice me devorou a inteligência, nem a fortuna esgotou meus recursos, nem minha conduta afastou meus amigos a ponto de não poder encontrar em mim a força de um braço, a mente sã, os caminhos certos e os amigos fiéis para me vingarem completamente.

Frei Francisco pede a atenção de todos e aponta uma solução para o caso: Hero, que estava desmaiada quando os príncipes abandonaram a catedral, seria dada como morta. Os ali presentes a manteriam escondida, e se empenhariam em espalhar a notícia de sua morte. Os parentes deveriam vestir-se de luto e Leonato mandaria colocar no velho mausoléu da família tristes epitáfios, ordenando a realização de todas as cerimônias comuns aos enterros.

O ânimo começa a mudar. Beatriz e Benedito dão-se as mãos, na esperança de que a honra de Hero seja reabilitada. Ambos sentem-se estranhamente cúmplices em algo que agora lhes pertence, um objetivo comum.

– Se for bem representado e bem conduzido – complementa frei Francisco –, esse ardil transformará a calúnia em remorsos, o que já seria excelente. Eu, porém, com meu estranho modo de proceder, procuro alcançar um resultado ainda melhor. Vamos afirmar que ela morreu em virtude da acusação que lhe foi feita. Ela será, assim, lamentada, chorada e desculpada. Sentirão compaixão dela e de seu pai, principalmente. É comum não darmos valor àquilo que temos enquanto o aproveitamos, mas, se nos falta o que perdemos, exaltamos o seu valor e descobrimos méritos que antes não enxergávamos quando nos pertencia. O mesmo acontecerá com Cláudio, quando vier a saber que ela morreu, vítima de suas palavras.

– E então, irmão? – Leonato mostra-se ansioso por saber o objetivo de todo aquele estratagema.

– E então o espectro de Hero invadirá docemente o imaginário do conde. Cada uma das particularidades da existência da jovem aparecerá diante de seus olhos e no horizonte de sua alma, revestidas de uma delicadeza tocante e de uma plenitude de vida. Assim, se o seu coração a amou verdadeiramente, irá chorá-la, e o arrependimento o dominará, mesmo que julgue a acusação bem fundada. Sigam o meu plano e verão que o futuro reserva um desfecho melhor do que podemos imaginar.

– E se nada disso ocorrer, irmão? – insiste Leonato.

– Bem, mesmo que o nosso plano não dê certo, a suposição da morte de Hero fará correr um véu sobre o escândalo da infâmia de que foi acusada. E, conforme for mais conveniente para sua reputação ferida, o senhor sempre poderá mantê-la escondida em uma vida reclusa e religiosa, longe de todos os olhares, de todas as línguas afiadas, de todas as injúrias dos espíritos perversos!

Frei Francisco inquieta-se com o fato de Benedito ser o único que não pertence à família. Ao contrário, ele é um oficial reconhecido pela fidelidade ao príncipe. No entanto, sua preocupação torna-se logo desnecessária:

– Senhor Leonato, peço-lhe que aceite os conselhos do irmão. E, apesar de minhas relações com o príncipe e com o conde Cláudio, e da intimidade e afeto que lhes consagro, juro pela minha honra que procederei nesse assunto com a mais alta lealdade, mantendo o segredo que a situação requer.

– Abalado como estou pela dor, basta um pequeno fio para agarrar-me e guiar a minha esperança – diz o velho Leonato, com os olhos lacrimosos.

O frade, então, eufórico, encerra seu discurso:

– Estamos combinados... E, agora, mãos à obra! Para estranhos males, estranhos remédios! Venha, senhora... – Ele puxa Hero pelo braço. – Morra para poder viver, esse será nosso lema. As suas bodas talvez estejam apenas sendo adiadas. Tenha paciência e resignação!

Hero aproxima-se do pai. Leonato resiste um pouco, mas cede aos seus impulsos e abraça a filha, que chora muito. Os dois saem, guiados pelo frade, em direção ao interior da catedral.

20

Beatriz exige de Benedito uma prova de amor

Após assistir ao espetáculo de terrível sofrimento imposto a sua prima, Beatriz mostra-se profundamente abalada e entristecida. Ela é consolada por Benedito, que se empenha em reanimá-la.

– Reparei que não parou de chorar, Beatriz. Não gosto de vê-la assim... – Ele leva timidamente a mão ao seu rosto. Com temperamentos muito parecidos, ambos resistem a permitir o amor em suas vidas.

– Não consigo parar...

– Beatriz, tenho a convicção de que sua prima foi caluniada!

– Ah, eu daria o máximo reconhecimento ao homem que vingasse a sua honra ofendida! – ela desabafa, como a pedir-lhe ajuda.

– E haverá algum meio de lhe demonstrar tal prova de amizade? – ele se oferece.

– Existe um meio muito fácil – ela responde. E faz um jogo com ele, provocando-o: – Mas não há quem possa fazer isso por mim...

– Creio que um homem pode prestar-lhe esse serviço, não?!

– É ofício de homem, certamente – ela confirma. E, parando de chorar, pondera com sarcasmo: – Mas não é serviço para um homem como o senhor.

Benedito percebe a provocação feita por Beatriz, mas prefere não entrar em seu jogo. Decide enveredar por outro caminho, mais conveniente a seus interesses.

– Não existe nada no mundo, Beatriz, maior do que o sentimento que tenho por você... Não é estranho?

Beatriz gosta do que ouve, mas evita demonstrar sua satisfação. Enche-se de coragem e responde:

– Tão estranho como qualquer coisa desconhecida! Com a mesma facilidade poderia dizer que para mim também não existe nada no mundo maior que o amor que sinto por você... Mas você não acreditaria! No entanto, não é mentira; não confesso nada nem nego coisa alguma – ela descarrega, sentindo--se aliviada. – Agora, importa-me outra coisa... Estou desolada por causa de minha prima!

Benedito surpreende-se por Beatriz dizer que o ama. Não contém o sorriso e seus olhos se enchem de água, como uma criança emocionada:

– Pela minha espada, Beatriz, você me ama!

– Não jure por sua espada, engula-a! – ela brinca, com um sorriso de canto de boca.

– Jurarei por ela como me tem amor. E quem disser o contrário é que terá de engoli-la!

– Não quer engolir o que disse? – ela pergunta, querendo que Benedito reafirme os seus sentimentos.

– Engolir? Não... Juro que a amo! – Ele ajoelha-se diante dela. – Mas diga-me, Beatriz: você me ama de todo o coração?

– Sim, com o que me resta dele para declarar que o amo.

Somente agora, com tal confirmação, Benedito retoma o desafio feito por Beatriz:

– Vamos, ordene-me que faça alguma coisa por você!

– Mate Cláudio! – ela responde, sem titubear.

– Cláudio? – Benedito se surpreende. – Ah, não, por nada nesse mundo eu iria matá-lo!

– Porém com sua recusa você me mata – ela diz, decepcionada. Vira-se para sair: – Adeus!

– Espere, minha adorada Beatriz... – Ele a puxa pelo braço.

– Já fui embora, mesmo que ainda esteja aqui... Você não me ama... Por favor, deixe-me partir!

– Antes, fiquemos amigos – ele a solta.

– O senhor tem coragem para ser meu amigo, mas não a tem para combater o meu inimigo! – desabafa Beatriz.

– Cláudio é seu inimigo?

– Ora, ele é um miserável, que ousou caluniar, insultar e desonrar a minha prima. Ah, se eu fosse homem! Como pôde? Ele a manteve enganada até o momento de enlaçarem as mãos, e aí, então, com uma acusação pública, completamente caluniosa, com um rancor desenfreado... Ah, se eu fosse homem... trincaria seu coração em praça pública!

– Ouça-me, Beatriz...

– Imagine só: Hero à janela com um homem! É uma verdadeira fantasia! Minha encantadora prima... difamada, caluniada, perdida!

– Mas Beatriz...

– Príncipes e condes! Eis um testemunho principesco! – Ela anda de um lado para o outro, sobre o altar. – Um amável conde, muito polido, um noivo de primeira linha, não há dúvida! Ah, se eu fosse homem para defendê-la! Ou se eu tivesse algum amigo que a vingasse pelo meu amor... – ela insinua uma vez mais, incitando-o. – Mas a virilidade, hoje, está resumida a cortesias, e os homens já não são mais do que gentis e brandas línguas! Hoje, para ser tão valente quanto Hércules basta dizer uma mentira qualquer e sustentá-la com um juramento. Todos os meus desejos não poderão fazer de mim um homem, mas a minha tristeza pode dar-me a verdadeira morte de uma mulher!

Benedito irrita-se com o discurso de sua amada e exclama, segurando-a pelos ombros:

– Pare com isso, Beatriz! – Ergue a mão direita e afirma: – Juro que a amo! Agora diga-me, com franqueza: você pensa, do fundo de sua alma, que o conde Cláudio caluniaria Hero?

– Sim, tão certo como tenho pensamento e alma!

Benedito, então, sentindo-se intimado, convence-se do que deve fazer. E cede:

– Está bem, já é suficiente! Comprometo-me a desafiá-lo! Juro que Cláudio terá de me prestar contas! Depois, julgue-me pelos meus atos! – ele finaliza, acariciando as mãos de Beatriz, beijando-as. – Vá consolar a sua prima. Irei espalhar que ela está morta. Adeus, minha querida!

Benedito sai da catedral em direção à praça. Beatriz entra na sacristia, procurando pela prima.

21

O interrogatório

No final da manhã, nos porões do Palácio da Justiça, área de domínio total de Dogberry e Verges, encontram-se o oficial, o chefe da guarda e um escrivão. Os três estão vestidos a caráter para o interrogatório de Boráquio e Conrado: trajam impecáveis togas de magistrados, compridas, negras e feitas de lã, o que os faz transpirar ainda mais em pleno verão siciliano.

Os guardas apresentam-se e, com grande formalidade, que a ocasião não exigia, conduzem os prisioneiros até uma parede de pedras, onde os acorrentam. Três lampiões iluminam o obscuro recinto.

– Está toda a nossa *dissembleia* reunida? – Dogberry dá início à sessão.

Verges leva um banquinho com almofada e uma pequena mesa de tábuas para o escrivão. Ele é um jovem de boa-fé, nada simpático aos métodos usados por seus colegas oficiais. O escrivão já está inteirado dos acontecimentos da manhã, na catedral, por isso tem ainda maior interesse no caso. Parece ter pressa:

– Quais são os malfeitores?

– Eu e o meu colega – responde Dogberry, como se fosse uma estranha confissão.

Verges manifesta-se, tentando impor-se diante do escrivão:

– Exatamente. Precisamos iniciar o *examinatório.*

– Mas onde estão os ofensores que vão ser *examinados*? – ele brinca com Verges. – Que compareçam perante o oficial de justiça da corte! – Aponta para Dogberry.

Dogberry, emocionado com a reverência do escrivão, grita com Boráquio:

– Com os diabos... Qual o seu nome?

– Boráquio – ele responde com tranquilidade.

Dogberry olha para o escrivão e fala baixinho:

– Tenha a bondade de escrever aí: "Boráquio". – E volta a gritar: – E o seu nome, rapazinho?

– Sou um cavalheiro, senhor – diz Conrado, temeroso –, e me chamo Conrado.

– Escreva aí: "Senhor cavalheiro Conrado". – Volta-se para os prisioneiros: – Os senhores servem a Deus?

– Parece-nos que sim – os dois respondem.

– Escreva: "Parece que servem a Deus". Mas coloque Deus em primeiro lugar, porque Deus nos livre de que o seu santo nome não venha antes dos de tais desmiolados. Senhores, já está provado que não valem mais do que dois hipócritas traidores! Estamos quase certos disso... O que têm a dizer como defesa?

Conrado, com todo o respeito, alega que não são nada daquilo. Dogberry elogia sua esperteza e aproxima-se de Boráquio, falando-lhe ao pé do ouvido:

– Escute aqui, patife... Não vai reagir, não? Eu disse que os senhores são dois hipócritas traidores!

– Já dissemos que não somos nada disso – ele responde calmamente.

– Já escreveu "Que não somos nada disso"? – Dogberry pergunta ao escrivão.

O escrivão alerta o oficial de que aquela não é a maneira correta de tomar um depoimento. Os guardas, que são os acusadores, deveriam ser chamados e ouvidos antes de todos.

Dogberry aceita a proposta e ordena aos guardas que, em nome do príncipe, promovam a acusação aos prisioneiros.

Hugo Bolo-de-Aveia é o primeiro a se pronunciar:

– Este homem, senhor – aponta para Boráquio –, disse que Dom João, o irmão do príncipe, é um vilão!

– Escreva aí: "O príncipe João é um vilão!" – Dogberry ordena. Mas reflete, olhando para as paredes: – Ora, isso é uma evidente mentira! Como posso chamar de vilão o irmão de um príncipe?

– Senhor oficial... – Boráquio pede a palavra.

– Fique calado, por favor! – diz o arrogante Dogberry. – Saiba que eu não gosto da sua cara, ouviu?

O escrivão intervém, percebendo que, se depender do oficial de justiça, o depoimento não terminará nunca. Pergunta ao outro guarda o que ele, como acusador, tem a dizer.

Jorge Carvão-de-Pedra apresenta-se. Aponta para Boráquio e declara:

– Esse daí afirmou que tinha recebido mil ducados de Dom João para acusar falsamente a senhorita Hero, filha do governador.

– Este é o mais claro *latrocínio* jamais cometido – comenta Dogberry, como sempre dando ares de entendido.

– É isso mesmo, certamente... Juro pela santa missa! – fala Verges, como se tivesse despertado de um cochilo.

O escrivão prossegue com o encaminhamento, perguntando aos guardas se há algo mais a dizer.

Hugo Bolo-de-Aveia complementa as acusações:

– Ele disse que o conde Cláudio pretendia, acreditando em suas palavras, desonrar a jovem Hero perante todos os convidados e, assim, não se casar com ela!

– Ó maldito vilão! – Dogberry grita na cara de Boráquio. – Você será condenado à *redenção* eterna por causa disso!

O escrivão, dando por concluídos os depoimentos, relata o que soube há pouco da frustrada cerimônia na catedral. E acrescenta:

– O príncipe João fugiu secretamente esta manhã. Hero foi acusada e recusada exatamente como os guardas contaram que seria. E, por causa do desgosto sofrido, a jovem morreu de repente!

Em seguida, tomando a frente no encaminhamento do caso, o escrivão dita as ordens a Dogberry:

– Ordene que amarrem esses homens e os levem à casa do governador. Eu irei na frente para mostrar-lhe o interrogatório – orienta, exibindo os papéis em suas mãos.

Enquanto o escrivão deixa os porões do Palácio da Justiça, Dogberry cumpre suas instruções:

– Vamos, guardas, peguem as cordas e *ataquem-nos*!

Verges se levanta e, automaticamente, repete as palavras ditas por seu companheiro. Os guardas tiram as correntes dos prisioneiros. Conrado aproveita o breve instante com as mãos livres e empurra Dogberry:

– Para trás, seu cretino!

– Meu Deus, onde está o escrivão? – procura Dogberry. – Ele precisava escrever: "O oficial do príncipe é um cretino!".

– Como é burro! – Conrado descarrega sua ira.

– Tenha mais *despeito* com o meu cargo! Tenha mais *despeito* com a minha idade! Que pena o escrivão não estar aqui para assentar que eu sou um burro! Apesar disso não estar registrado, não se esqueçam de que sou um burro! – Agarra Conrado pela roupa, salivando: – Quem você pensa que eu sou? Sou um bom oficial de justiça, ouviu? Um bom pai de família! Um homem que conhece bem a lei! E bastante rico, ouviu? Um homem que tem duas togas limpinhas e que só usa coisas refinadas, entendeu? Agora levem-nos daqui! E ainda bem que não ficou registrado que sou burro!

22

Cláudio é noticiado da morte de Hero

Depois da conturbada cerimônia, Leonato, mergulhado em sua dor, vive o dilema de não saber se foi vítima de um terrível plano caluniador ou de difamação por culpa de sua filha. Ele e Antônio recebem o sol ardente do meio da tarde, sentados diante do casarão onde vivem.

Preocupado com o sofrimento do irmão, Antônio tenta de tudo para reanimá-lo:

– Se continuar assim, vai acabar morrendo. Não é sensato deixar a tristeza abatê-lo neste momento...

– Pare com seus conselhos! Eles são para os meus ouvidos o que é a água para uma peneira: entram por um lado e saem pelo outro! Não me dê mais conselhos, nem traga argumentos que me consolem, a não ser que venham de alguém cujas desgraças se comparem às minhas! As minhas dores, meu irmão, clamam mais alto que a sua voz!

– Nesse ponto, os homens não diferem em nada das crianças...

– Deixe-me em paz, por favor! Afinal, eu sou de carne e osso!

– Não é justo que você carregue esse peso sozinho. Aqueles que provocaram a ofensa também têm de sofrer.

– Nisso eu lhe dou razão. O coração me diz que Hero foi caluniada... Está bem, vou fazer com que Cláudio, o príncipe e todos que a desonraram saibam disso.

– Creio que a ocasião se aproxima... Veja quem vem lá: o príncipe e o conde. E parecem bastante apressados!

Surpreendido com o inesperado encontro, Dom Pedro mostra-se apreensivo por deparar com Leonato tão pouco tempo após o incidente. Acreditava que pudesse evitá-lo por alguns dias e então partiria de Messina, deixando o embaraço para trás.

Mas Leonato não perde a ocasião:

– Parecem afobados, senhores! Por que tanta pressa, justamente agora?

– Não queira nos desafiar, meu bom velho! – impõe-se Dom Pedro.

– Se com um desafio ele pudesse resolver o assunto, certamente um de nós cairia por terra – Antônio intervém, com um certo cinismo.

– Por acaso alguém o ofendeu? – pergunta Cláudio, inocentemente.

– Ora essa, o senhor me ofendeu, seu hipócrita!

Assustado, Cláudio leva a mão à bainha:

– Não ameace puxar a espada, pois eu não tenho medo!

Cláudio abre os braços:

– Maldita seja minha mão se eu quis que ela desse à sua velhice algum motivo de temor...

– Cale-se, rapaz! Não brinque com a minha idade nem zombe dela! Eu não falo como um velho tolo ou como um louco... Não estou recorrendo a privilégios da velhice, nem me gabando de feitos de quando era moço ou do que faria se não fosse velho. Digo-lhe na cara, Cláudio: o senhor a tal ponto me ofendeu, e à minha inocente filha, que tenho de colocar de lado todo o respeito e, apesar dos estragos que o tempo já me fez, exigir a reparação que um homem deve a outro homem! Repito: o senhor caluniou a minha inocente filha e suas infâmias penetraram tão fundo em seu coração que ela lá está, sepultada com os antepassados, num túmulo onde jamais dormiu alguma calúnia, a não ser a que sua vilania tramou!

Cláudio e Dom Pedro não se conformam com as acusações de Leonato e reafirmam estarem certos do que disseram durante a cerimônia. Com muita coragem, Leonato lança um desafio:

– Provarei a inocência de Hero no próprio corpo do senhor conde, se continuar recusando a veracidade das minhas palavras! Eu o desafio, apesar de toda sua habilidade na esgrima, sua juventude e sua força!

Cláudio recua um passo e ergue os braços:

– Para trás... Não quero nada com o senhor!

– Isso é uma recusa? O senhor matou a minha filha. Se me matar, ao menos estará matando um homem!

Nesse instante, Antônio, cansado de ver o irmão arriscar-se tanto diante de seus caluniadores, toma a ofensiva:

– Se o jovem conde tiver de matar algum homem, não será um apenas, mas dois. Porém, para matar dois, terá de matar um primeiro... – E lança o desafio: – Que me vença e me aniquile, mas que me dê satisfação! Vamos, venha comigo, rapaz, que a chicotadas zombarei de seus botes de esgrima!

– O que é isso, meu irmão? – Leonato tenta dissuadir Antônio.

– Fique tranquilo... Deus sabe o quanto eu amava a minha sobrinha e ela está morta! Foi caluniada até a morte por miseráveis que têm tanta coragem para se defrontar com um homem como eu para agarrar uma serpente com a língua! Imbecis, traiçoeiros...

Leonato sente-se orgulhoso ao ser defendido com tanta integridade pelo irmão mais novo. Cláudio e Dom Pedro ficam sem ação, sem saber o que fazer, como revidar, sentindo-se, no fundo, culpados pela morte da jovem. Mas Antônio prossegue em seu ataque:

– Conheço-os bem! Aparentam valentia, mas isso é tudo! Não são de nada!

Cláudio, reticente, aceita silenciosamente as palavras do tio de sua ex-noiva. Dom Pedro, ao contrário, reage, não deixando que o desafio seja levado a cabo:

– Meus senhores, não queremos irritá-los ainda mais... Sinto-me desolado pela morte de sua filha, Leonato, mas, pela minha honra, juro que não foi acusada de nada que não fosse comprovado.

– Meu senhor... – Leonato pede a palavra.

– Não quero ouvi-los mais! – Dom Pedro usa de sua autoridade.

– Venha, Antônio, vamos sair daqui. Mas eu lhe garanto que eles irão me ouvir, custe o que custar!

– Com certeza – concorda Antônio. – Do contrário, custará caro a alguns de nós! – E encara o príncipe e o conde, deixando-os inquietos quanto ao futuro próximo.

23

Benedito desafia Cláudio para um duelo

Nos jardins que circundam a residência do governador, Dom Pedro e Cláudio discutem os recentes acontecimentos. Lamentam a morte da jovem Hero, principalmente por terem ocasionado tal fatalidade. No entanto, não abdicam da certeza de que essa foi a melhor forma de agir.

Contaminado pelo espírito de vingança de sua Beatriz, e contagiado pelo amor que toma todas as suas veias, Benedito vem ao encontro de seus dois amigos, causadores involuntários de tanto infortúnio.

– Boa tarde, meus senhores – ele diz, empolgado e muito nervoso.

– Boa tarde, senhor Benedito de Pádua – cumprimenta Dom Pedro, amistosamente, desconhecendo o ânimo de seu oficial. – Por pouco não chegou a tempo de apartar uma briga.

– Por pouco não tivemos os narizes arrancados por dois velhos desdentados – Cláudio graceja.

– Não há valor verdadeiro numa controvérsia injusta – pronuncia Benedito, enigmático. – Eu estava à procura dos senhores.

– Que coincidência! – comenta Cláudio. – Nós também o procuramos por todos os lados... Por onde andou o dia todo? Não o vi desde que deixamos a catedral... Mas isso não importa. Estamos dominados por terrível melancolia e queremos nos libertar dela. Pensamos que a sua companhia e o seu espírito são ideais para nos alegrar!

– Trago o meu espírito aqui na bainha da minha espada... Puxo por ele?

Dom Pedro não vê sentido nas sérias palavras de Benedito:

– Como assim, traz o espírito ao seu lado?

– Nunca ninguém o trouxe assim, apesar de serem muitos os que precisam deixar o espírito de lado – Cláudio busca uma explicação. – Mas penso que deve puxá-lo, sim... Como dizemos aos cômicos menestréis: desembainhem, para que nos divirtam com a dança das espadas.

Dom Pedro questiona o sério semblante de Benedito, sua palidez, e quer saber se está doente ou zangado. Cláudio tenta encorajá-lo, dizendo-lhe palavras de ânimo. Benedito, enfim, se manifesta:

– Se é a mim que dirige seus sarcasmos, parece-me então que terei de me encontrar com seu espírito num campo de batalha...

– Cláudio, parece-me que ele está mudando de cor – brinca Dom Pedro. – Veja, está ardendo de ira!

– Se é assim, será que ele quer me desafiar? – Cláudio continua a brincadeira.

Irritado, Benedito chama Cláudio de lado e lhe diz, encarando-o:

– Você é um vilão! Eu não estou brincando... Manterei a minha palavra onde quiser encontrar-se comigo, com a arma que escolher e quando desejar... E não tente fugir ao insulto, senão torno pública a sua covardia! – E, colocando o dedo em riste, Benedito o acusa: – Você matou uma mulher idolatrada, mas a morte dela lhe custará a sua! Estou, pois, às suas ordens... – Benedito aguarda a resposta.

– Bem, senhor, poderemos nos encontrar, mas com a condição de que lá encontrarei boa comida! – Cláudio começa a duvidar de que seja uma brincadeira, mas ainda não o leva a sério.

– O quê? Um banquete... É um banquete? – pergunta Dom Pedro, querendo inteirar-se da conversa particular.

– Benedito convidou-me para comer uma cabeça de vitela e um peru inteiro – Cláudio inventa. – Se eu não o trinchar com o maior esmero, permitirei que digam que a minha faca não presta... Não haverá também uma galinha? – pergunta a Benedito, batendo com o indicador na cabeça, insinuando falta de inteligência.

Benedito responde com ligeireza, bem ao seu estilo:

– Senhor, o seu espírito trota muito bem, sem se cansar...

Dom Pedro começa a preocupar-se com o rumo da conversa. Tenta desviar o assunto e apaziguar os ânimos:

– Benedito, a propósito, vou contar-lhe como Beatriz, outro dia, elogiou o seu espírito... Eu lhe dissera que você tem muita graça... "É verdade", respondeu, "ele é uma gracinha." "Não", disse-lhe eu, "ele tem um grande espírito." "Isto é", disse ela, "é um espirituoso." "Nada disso", repliquei eu, "é um bom espírito." "Isso mesmo", respondeu ela, "não faz mal a ninguém." "Oh", disse eu, "é um cavalheiro de bom senso." "Certamente", concordou ela, "é um cavalheiro insensato." "Ele é um cavalheiro discreto", eu afirmei. "Tem razão, é um discreto cavalheiro." E assim, durante uma hora, foi ela transformando suas habilidades e virtudes. No entanto, acabou revelando, num suspiro, que você é o homem mais perfeito de toda a Itália!

Dom Pedro conta ainda que a filha de Leonato lhe havia dito que, se Beatriz não o odiasse de morte, certamente o amaria com delírio. Depois, volta a brincar com Benedito por ele se negar veementemente a casar-se:

– Quando é que poremos os chifres do touro bravo na cabeça do sensível Benedito?

– Sim – emenda Cláudio –, e com um letreiro pendurado: "Este é Benedito, o homem casado!".

Encerrando a sessão de pilhérias a seu respeito, Benedito despede-se de Cláudio, dizendo-lhe com desprezo:

– Até logo, jovem... Já sabe o que penso a seu respeito. Deixo os dois entregues a esse humor mexeriqueiro. Esgrima os seus gracejos como os fanfarrões esgrimem as suas espadas, as quais, graças a Deus, não ferem! – Volta-se para o príncipe e despede-se com ironia: – Meu senhor, tenho de agradecer as suas inúmeras cortesias, mas de hoje em diante devo renunciar à sua companhia. Seu irmão, o bastardo, fugiu de Messina... Vocês três juntos mataram uma encantadora e inocente dama! Quanto ao senhor Fedelho, aqui presente, havemos ainda de nos encontrar... Até lá, que a paz esteja com os senhores! – E retira-se.

– O homem é realmente um ser interessante – comenta o príncipe, estarrecido com a seriedade das palavras de Benedito. – Quando sai correndo com seu gibão e seus calções, abandona completamente a razão! Mas... Ei, espere um pouco, voltemos à serenidade... O que foi que disse Benedito? Que meu irmão fugiu de Messina?

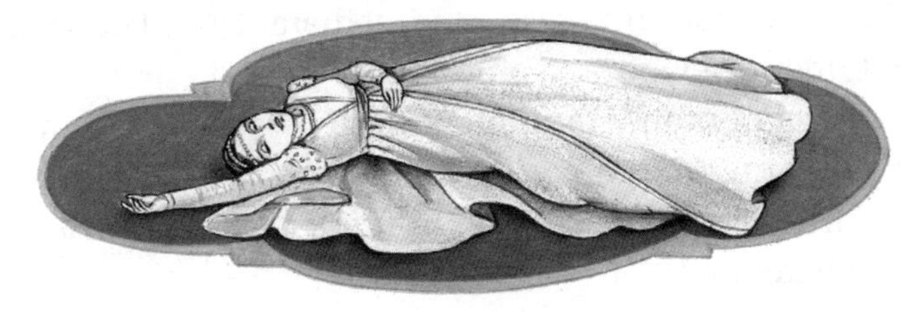

24

A confissão de Boráquio

Após uma atrapalhada marcha através de Messina, Dogberry e Verges, acompanhados por alguns guardas, conduzem os prisioneiros até a casa do governador.

Do Palácio da Justiça até a sede do governo, o desfile exibicionista dos oficiais beira o grotesco. Porém, próximo do destino, Dogberry e Verges encontram-se com o príncipe de Aragão e com o conde Cláudio.

– O que é isso? – pergunta o príncipe, espantado com o que vê. – Dois servidores do meu irmão, amarrados? E Boráquio é um deles?!

Cláudio toma a dianteira, pedindo explicações:

– Que crime praticaram estes homens?

– Cometeram o crime de espalhar falsos boatos, senhores – esclarece Dogberry. – Além disso, disseram inverdades! *Segundamente,* são caluniadores. *Sexta* e *ultimamente,* difamaram uma dama. *Terceiramente,* têm feito passar informações falsas como se verdades fossem. E, para concluir, são patifes mentirosos!

Impaciente, Dom Pedro dirige-se ao oficial:

– *Primeiramente,* senhor, pergunto o que eles fizeram. *Terceiramente,* pergunto qual é o crime deles. *Sexta* e *ultimamente,* quero saber por que estão presos. E, para concluir, de que são acusados?

Não obtendo uma resposta imediata, Dom Pedro dirige-se diretamente a Conrado e Boráquio:

– A quem ofenderam, meus amigos, para estarem assim amarrados, antes mesmo de serem interrogados? Este sábio oficial é muito hábil para se fazer entender – ele ironiza. – Que crime cometeram?

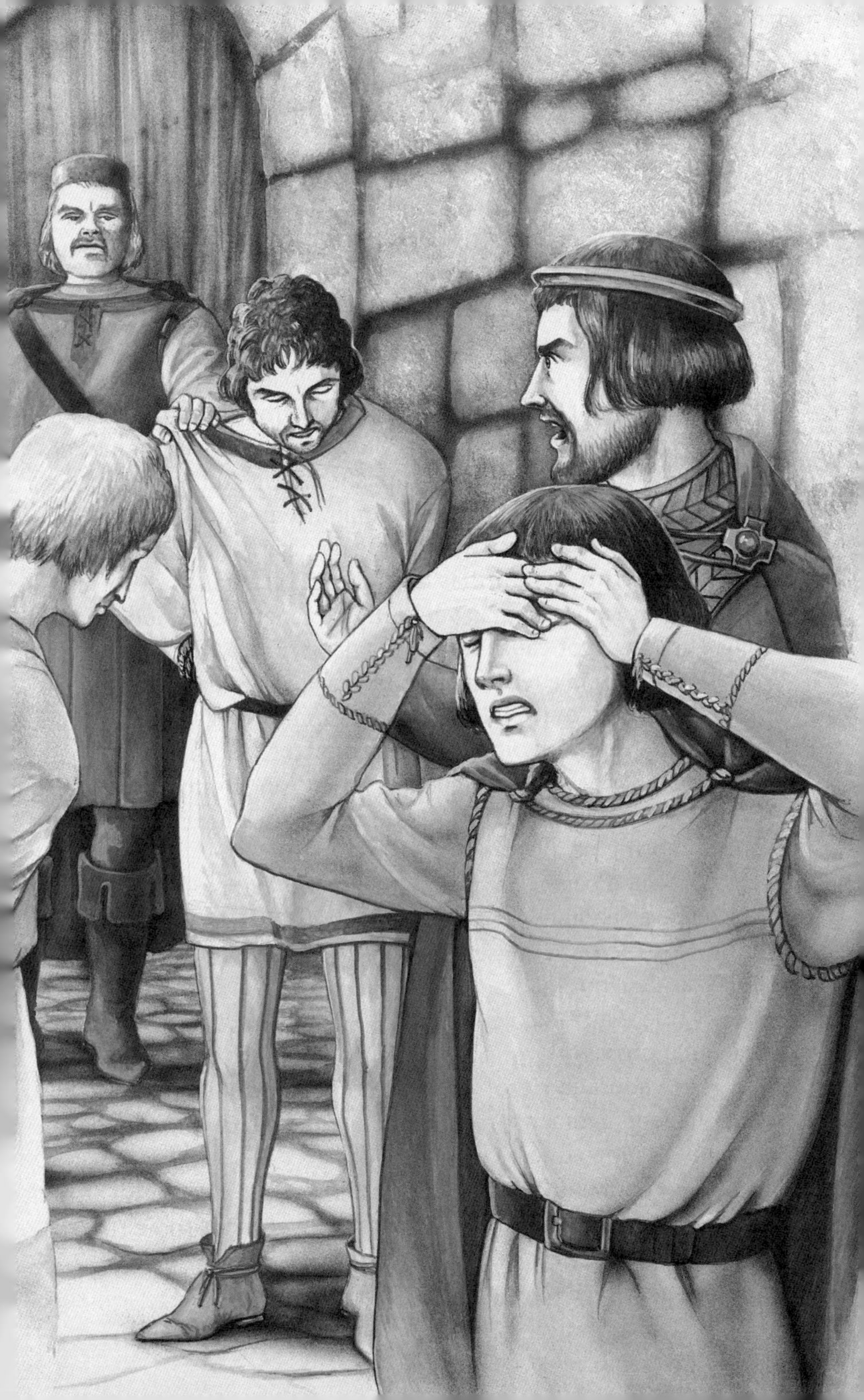

Boráquio adianta-se e, assumindo a responsabilidade pelo que fez, explica:

– Bondoso príncipe, escute minha resposta, que é curta. Depois disso, que o conde aqui presente me mate! Eu os enganei diante de seus próprios olhos! O que sua discrição não soube descobrir, esses pobres imbecis trouxeram à plena luz...

– Fale, homem, fale... – ordena o príncipe.

– Ontem à noite, os homens da guarda ouviram-me confessar a Conrado como seu irmão Dom João me incitou a caluniar Hero. Ouviram-me dizer como os senhores foram levados ao jardim e me viram cortejar Margarida, a quem chamei de Hero... – Cláudio leva as mãos à cabeça, incrédulo com o que ouve. – Estes imbecis – prossegue Boráquio, apontando para Dogberry e Verges, que se curvam diante da deferência – fizeram um relatório escrito das minhas declarações, as quais prefiro selar com a morte a passar pela vergonha de repeti-las... Soube que a dama morreu por causa de nossa falsa acusação! Agora, numa palavra, só desejo a recompensa devida aos crápulas: a morte!

– Estas palavras não lhe atravessam o coração como uma lâmina de ferro? – Dom Pedro pergunta a Cláudio.

– Como se estivesse bebendo veneno enquanto ele falava...

– Foi mesmo meu irmão que o induziu a fazer isso? – pergunta o príncipe a Boráquio.

– Sim, e pagou-me principescamente para que eu desempenhasse esse papel!

O príncipe sente-se traído e tolo por haver confiado nas palavras de Dom João:

– Ele é a traição encarnada! E fugiu depois do crime! – exclama, possesso.

– Ó adorada Hero! – diz Cláudio, caindo de joelhos. – A sua imagem, agora, aparece-me com a doce face que tanto me fez adorá-la logo que a vi.

Dogberry, enfim, abre a boca, lembrando que, a essa altura, o escrivão já devia ter falado com o governador sobre tudo o que se passou. E pede aos prisioneiros:

– Não se esqueçam de especificar, quando a ocasião e o lugar convierem, que eu sou um burro!

Verges levanta os raquíticos braços e avisa que os senhores Leonato e Antônio, acompanhados do escrivão, aproximam-se a passos largos.

Dom Pedro, envergonhado, quer desaparecer. Cláudio, morrer.

– Onde está o miserável? – Leonato grita furioso, olhando para os prisioneiros. – Qual dos dois é o infame?

– Quer ver quem o ofendeu? Aqui o tem! – Boráquio delata-se.

– É você o malvado que com um sopro estúpido matou a minha inocente filha?

– Sim, sou eu, e agi sozinho – Boráquio assume toda a culpa, livrando Conrado.

– Sozinho não, miserável, nada disso... Está caluniando a si mesmo! Estão aí dois homens honrados – aponta para Dom Pedro e Cláudio –, mas o terceiro, que era seu cúmplice, fugiu! – diz Leonato. E, com feroz ironia, destila sua fúria: – Agradeço aos dois príncipes e ao conde pela morte de minha filha. Podem agora inscrevê-la entre seus altos e dignos feitos... Se os senhores refletirem bem, foi uma corajosa façanha!

Cláudio, ainda de joelhos, pede perdão a Leonato, dizendo-lhe que escolha uma vingança, que lhe imponha uma penitência, para que possa punir o delito que cometeu.

Dom Pedro também se rende ao juízo de Leonato. Curvando-se diante do governador, jura que, assim como o conde, fora enganado. E pede ao bondoso ancião que lhe aplique o mais pesado castigo, pois ele o suportará.

Visivelmente satisfeitos com a retratação do príncipe, os dois irmãos sentem-se bastante aliviados em seus sofrimentos. Afinal, Hero, na realidade, não estava morta.

– Eu não posso ordenar que deem vida à minha filha... Isso seria impossível – afirma Leonato, com algum cinismo. – Mas faço a ambos um pedido: informem a população de Messina que Hero morreu inocente. E o senhor, conde, se o amor que tinha por ela puder sugerir alguma triste inspiração, coloque um epitáfio em seu túmulo e cante aos seus restos mortais, mas faça isso ainda esta noite...

Resignado, Cláudio aceita a incumbência. Leonato prossegue:

– Depois, amanhã de manhã, vá a minha casa – ele planeja. – Já que não poderá ser meu genro, seja ao menos meu sobrinho: meu irmão Antônio tem uma filha... – ele mente. – E ela é quase o retrato da minha filha que morreu, Hero. Essa sobrinha é agora a nossa única herdeira... Olhe para ela como olharia para a prima e assim se dissipará a minha vingança.

Cláudio, entre soluços, agradece a bondade do nobre Leonato:

– Aceito, do fundo do coração, o seu oferecimento! Disponha para o futuro de tudo o que de mim possa dar...

Antônio e Leonato abraçam-se fortemente. Porém, antes de despedir-se, Leonato encara Boráquio e anuncia que deverá ser acareado com Margarida, pois ela também estava envolvida naquela infâmia.

Boráquio antecipa-se e pede que a ingênua Margarida seja poupada:

– Juro por minha alma que ela não sabia de nada quando falou comigo à janela. Ao contrário, sempre foi justa e virtuosa em tudo quanto dela sei.

Dogberry pede a palavra e avisa ao governador que o caso ainda não está todo registrado:

– Este ofensor chamou-me de burro! Suplico-lhe que isso seja lembrado em sua sentença... – ele insiste. – Além disso, um de meus guardas ouviu-o falar de um tal Insolente, um famoso ladrão que usa uma madeixa pendurada assim... Ele pede dinheiro emprestado, sempre em nome de Deus, e nunca paga... O senhor precisa fazer o favor de realizar um *examinatório* a esse respeito.

– Agradeço o seu cuidado e sua fiel vigilância – diz Leonato, querendo livrar-se logo do oficial, ao mesmo tempo que separa um punhado de moedas, entregando-as a Dogberry: – Aceite isto pelo incômodo...

– Deus lhe pague, senhor! – Dogberry curva-se, passando a contar as moedas, uma por uma.

Em seguida, Leonato puxa Boráquio e Conrado para o seu lado, liberando Dogberry de seus prisioneiros.

– Agradeço imensamente a Vossa Senhoria e desejo-lhe todas as felicidades. Deus *restaure* a sua saúde. Humildemente, peço-lhe *intromissão* para ir embora. E, se pudermos nos encontrar novamente, oxalá que Deus o *proíba*! Vamos, companheiro... – chama Verges.

Os dois oficiais saem em fila indiana, marchando completamente fora de ritmo. Os guardas ficam, acompanhando os prisioneiros.

Leonato e Antônio despedem-se de Dom Pedro e de Cláudio, esperando encontrá-los na manhã seguinte, conforme combinado. Cláudio lembra-se do que prometera:

– Esta noite renderei o tributo de minhas lágrimas à sepultura de Hero.

– Tragam estes sujeitos até minha casa! – Leonato ordena aos guardas. – Indagaremos de Margarida como foi que travou conhecimento com este depravado...

25

Beatriz e Benedito trocam farpas de amor

No início da noite, em outro canto dos extensos jardins da casa do governador de Messina, Benedito reflete sobre os recentes acontecimentos. O inesperado despertar do amor por Beatriz, a calúnia contra Hero, o desafio lançado a seu amigo Cláudio...

Vê Margarida, que se aproxima, e visando a outros interesses trata a dama de companhia de Hero com exagerada consideração:

– Abençoada Margarida, que bom vê-la! Mostre-se merecedora de minha generosidade e diga-me de que forma eu poderei falar com Beatriz.

– Aproveito, então, para lhe pedir um favor... – ela não perde a oportunidade. – Poderia escrever um soneto para mim, em louvor a minha beleza?

– Um soneto em alto estilo, Margarida. Afinal, cá entre nós, você merece! Agora, por favor, vá chamar Beatriz. Ela não se zangará, prometo. Eu a protegerei com o meu escudo.

– Escudos nós já temos – ela bate nos quadris –, espadas é o que queremos! – diz, maliciosa.

– Se vier a usar alguma, Margarida, primeiro guarde a ponta na bainha... As espadas são armas perigosas para as donzelas.

– Melhor chamar Beatriz... – Margarida sai, rebolando.

Benedito nem se dá conta das insinuações e provocações de Margarida. Pensa apenas em Beatriz, cantando...

– *Ó Deus dos amores,*
Que nos céus está,
Bem sabe quem sou:
E por isso me dá
A piedade que mereço.

Fala com o vento, ou para si mesmo:

– Piedade como poeta, bem entendido, porque como amante... Ah, não encontro rimas para mostrar o meu amor. Tentei, mas não consegui: para amor não acho outra rima senão flor, rima inocente. Para adorno, corno, rima dura. Para sussurro, burro, rima estúpida... Todas terminações de mau agouro. Não, não nasci em um planeta poético, nem posso fazer uma declaração para alguém em termos deslumbrantes...

Benedito vê Beatriz aproximar-se. O coração acelerado, tenta ser doce, mas ela dispara palavras ásperas:

– Aqui estou, senhor, e partirei assim que ordenar.

– Que bom, assim ficará comigo para sempre!

– Oh, "para sempre" é uma ordem... Por isso, adeus! Mas, antes de ir, quero saber o que se passou entre o senhor e Cláudio.

– Que é isso? Quantas palavras azedas! Por isso desejo dar-lhe um beijo. – Ele se aproxima dela.

– Palavras azedas provêm de um hálito azedo, e um hálito azedo é abominável... – ela o detém. – Por isso, vou embora sem beijá-lo.

– O seu espírito é tão impetuoso que assusta as palavras, fazendo-as mudar de sentido. Se quer saber, desafiei Cláudio e ele logo me trará resposta, ou então o farei passar por covarde! – Mudando de tom, pergunta: – E agora diga-me, Beatriz, por qual das minhas qualidades você se apaixonou primeiro?

– Por todas elas juntas – ela responde com rapidez –, porque o seu conjunto constitui uma república de defeitos tão perfeita e harmoniosa que nada de bom consegue se misturar a elas... – E devolve a pergunta: – Mas, diga-me você também, qual das minhas qualidades lhe fez primeiro padecer de amor por mim?

– "Padecer de amor"? Bela expressão! Padeço de amor porque, apesar de tudo, eu a amo perdidamente... O que posso fazer? – Ele dá de ombros.

Beatriz e Benedito, embora se declarem um ao outro, não conseguem evitar as ironias e os sarcasmos.

– Beatriz, você e eu já somos bastante crescidos, não? Creio que podemos nos amar em paz...

– Não é o que parece... Nenhum homem sábio seria capaz de elogiar a si mesmo.

– Sabedoria antiga... O natural de um homem prudente é ser a trombeta das próprias virtudes, como eu sou das minhas.

É por isso que enalteço a minha pessoa, pois me sinto merecedor... Caso contrário, quem o faria? Mas, mudando de assunto: como está sua prima? – Benedito segura, furtivamente, as mãos de Beatriz.

– Muito mal – ela responde, entristecida, entrelaçando seus dedos aos dele.

– E você, como está? – ele pergunta, olhos nos olhos.

– Muito mal também – ela diz, desviando o olhar.

– Se você decidir me amar, estou certo de que logo se sentirá bem... Olhe, vem alguém aí...

Úrsula chega correndo, procurando por Beatriz. Com expressão de assombro, diz que traz boas notícias.

– Ficou provado que a menina Hero foi falsamente acusada – ela conta, para felicidade de Beatriz e Benedito. – O príncipe e o conde foram completamente enganados! Dom João, que está foragido, foi o autor de tudo!

Beatriz, de sorriso aberto, convida Benedito para acompanhá-la.

– Queria tanto viver em seu coração, minha amada... Morrer em seus lábios e ser enterrado em seus olhos! Além disso, quero acompanhá-la à casa de seu tio... – E saem correndo, de mãos dadas, em direção à entrada do casarão.

26

Cláudio presta homenagem a Hero

Tarde da noite, no interior da igreja da Annunziata de Catalani, no centro de Messina, Cláudio procura pelo mausoléu da família do governador. Dom Pedro o acompanha, juntamente com seu criado Baltasar, que carrega o alaúde. Além deles, dois membros do séquito do príncipe carregam tochas acesas.

Diante do mausoléu, Cláudio puxa um pergaminho recém-escrito com o máximo empenho, para render à amada uma justa, ainda que tardia, homenagem. No alto do túmulo, uma falsa mortalha faz Cláudio acreditar que está diante do corpo de Hero. Ele lê:

– *Pelas más línguas caluniada*
Hero divina veio a morrer.
Ora lhe caiba fama elevada,
Em recompensa de seu sofrer.
Depois de morte tão triste e inglória,
Com brilho eterno viva na história.

Deposita o pergaminho cuidadosamente sobre a sepultura e prossegue:

– *Sobre o sepulcro irá dizer tudo,*
Que minha angústia me deixa mudo.

Empunhando seu alaúde, Baltasar dedilha uma canção, enquanto Cláudio se ajoelha e reza. Dom Pedro a tudo assiste, alguns passos recuado.

Durante um bom tempo, prestam homenagem a Hero em silêncio. Depois, Baltasar canta:

– *Ó deusa melancólica da noite,*
Perdoe aos que mataram esta donzela ingênua,
Que agora, soluçando os seus cânticos de dor,
Aqui estão em torno de seu túmulo.
Esta hora, meia-noite, favorece o nosso pranto,
Ajude-nos a gemer e a suspirar
Tão tristemente, tão tristemente...

Abram, silenciosas e frias sepulturas,
E deem-nos todos os seus mortos,
Até que a morte seja declarada
Tão tristemente, tão tristemente...

– Agora – prossegue Cláudio, ainda com o dedilhar das cordas ao fundo –, minha doce Hero, que os seus ossos repousem em paz! Prometo que virei todos os anos cumprir esta cerimônia.

Dom Pedro, querendo abreviar o sofrimento de seu soldado, apressa o fim da homenagem, dispensando Baltasar e os dois acompanhantes:

– Muito bem, senhores, apaguem uma das tochas! Os lobos já acabaram a sua caçada... Vejam o dia brilhante correndo adiante e pintando o oriente ainda sonolento com suas manchas cinzentas – ele finaliza, enaltecendo a solenidade. – Agradeço a todos. Por favor, senhores, agora deixem-nos a sós... – E, dirigindo-se a Cláudio, propõe: – Vamos sair daqui e trocar de roupa para irmos à casa de Leonato. Não há tempo sequer para um cochilo!

– Tomara que o novo enlace tenha um final mais feliz do que este, que nos custou tanto sofrimento...

27

Surpresa feliz

Junto com os primeiros raios de luz, entra pelas janelas da casa de Leonato uma viva esperança de que a jovem Hero possa ter um futuro ao lado de seu amado conde.

De dentro das paredes daquela residência nenhuma palavra havia escapado sobre a falsa morte da filha do governador. Encerrada em seus aposentos, sem nem ao menos aproximar-se da janela, ela partilha com sua família, Benedito e frei Francisco a dor e o alívio provocado pela descoberta do plano de Dom João.

Reunido a todos no salão nobre da casa, frei Francisco demonstra seu orgulho:

– Não disse que sua filha era inocente?

– Agora acredito... – responde Leonato, já bem mais calmo. – E são igualmente inocentes o príncipe e o conde Cláudio, que foram enganados por aqueles caluniadores. Margarida teve lá a sua parte de culpa... embora involuntariamente, como pudemos apurar.

– Alegra-me muito ver que essa história esteja caminhando para um bom final – Benedito mostra sua satisfação, desobrigado de defender a honra de Hero e ter de ajustar contas com o amigo Cláudio.

– Agora, minha filha – Leonato comanda as delicadas ações daquela manhã –, vá para o seu aposento e, quando a mandar chamar, volte mascarada. O príncipe e Cláudio prometeram visitar-me hoje cedo e devem estar chegando...

Hero retira-se com sua prima e as criadas, e Leonato dirige-se ao irmão:

– Antônio, já sabe o que tem a fazer: será o pai de minha filha e irá entregá-la ao conde Cláudio...

– Fique tranquilo, saberei representar bem o meu papel. Terei o semblante solene como requer a ocasião.

Benedito, ao invés de sentir-se aliviado com o desenrolar dos acontecimentos, fica mais e mais aflito: a situação de Cláudio e Hero será resolvida e ele precisa encontrar uma solução para si e Beatriz. Acanhado, respira fundo e dirige-se ao frade:

– Irmão, parece-me que terei de me valer de seus serviços...

– Para quê, senhor Benedito de Pádua? – frei Francisco mostra-se surpreso.

– Para salvar-me ou para perder-me, um dos dois! – ele diz. E lembra-se de que deve antes obter o consentimento de Leonato, tutor de Beatriz: – Senhor Leonato, é uma agradável verdade o fato de que sua sobrinha me olha com muito apreço...

Leonato, que esperava ansiosamente por esse momento, dedica a máxima atenção a Benedito:

– Ah, sim?! Olhe, segundo creio, o senhor deve isso a mim, a Cláudio e ao príncipe... Mas o que deseja?

– A sua observação é bastante enigmática, senhor... Mas, quanto à minha vontade, o que desejo é que esteja de acordo... Bem, gostaria que hoje eu e Beatriz pudéssemos nos unir pelos laços do legítimo matrimônio. Por isso, pedi auxílio ao frade.

– O meu coração me manda aceitar o seu pedido – diz Leonato, muito satisfeito.

Os dois se abraçam, enquanto o frade, empolgado com a inusitada situação de realizar duas cerimônias simultaneamente, renova a sua disposição. Um criado de Leonato bate à porta do salão e anuncia a chegada de Dom Pedro e Cláudio. Leonato os recebe com honra. O príncipe admira-se com o que chama de "bela assembleia".

– Estávamos à espera dos senhores... – Leonato explica-se. – Nobre Cláudio, continua disposto a casar-se hoje com a filha de meu irmão?

– Mantenho a minha promessa, senhor.

Leonato, piscando um olho, pede a Antônio que vá chamá-la. E anuncia que frei Francisco já está pronto para a cerimônia.

– Bom dia – o príncipe aborda Benedito. – O que se passa? Tem a cara tão carregada de frio, tormentos e nuvens!

Cláudio se intromete, e fala amistosamente com seu companheiro, como se ambos não tivessem trocado ásperas palavras no dia anterior:

– Creio que está pensando no touro bravo – ele volta ao tema, para irritação de Benedito, brincando. – Não tenha medo, amigo, depois iremos lhe dourar os chifres!

– Talvez algum animal como esse tenha saltado sobre a cerca da casa de seu pai, gerando, em tal proeza, algum bezerro muito parecido com o senhor, pois tem o berro igual ao seu! – Benedito devolve o gracejo, causando arrependimento em Cláudio por tê-lo provocado.

– Fico lhe devendo essa... – ele diz. – Aí vem minha dama.

Antônio volta ao salão com quatro damas mascaradas, Beatriz e Hero à frente, Úrsula e Margarida um pouco retiradas. Cláudio pergunta:

– Bom Antônio, a qual das damas devo dirigir-me?

– A esta, e eu a entrego ao senhor – Antônio conduz Hero até o conde.

– Ah, então ela é minha... – Cláudio a admira. Segura em seu braço e sente um forte arrepio: – Querida, deixe-me ver seu rosto...

– Ainda não! – Leonato intervém. – Só depois de ter aceitado a sua mão perante este frade, e de lhe jurar que a desposará. Aí sim é que verá seu rosto!

– Dê-me então a sua mão... Diante deste santo frade, se me desejar serei seu esposo – Cláudio formaliza o pedido.

Hero, mais segura do que nunca, professa:

– Quando estava viva, fui sua outra mulher – ela diz, e tira a máscara, para espanto de Cláudio e do príncipe, que empalidece. – E, quando me amava, o senhor foi meu outro marido.

– Uma outra Hero? – pergunta o espantado conde.

– Nada mais certo... – ela confirma. – Uma Hero morreu

caluniada, mas eu vivo e, tão certo como vivo, ainda sou donzela – Hero sorri e se entrega aos braços de Cláudio.

O príncipe, quase em estado de choque, balbucia, com os olhos marejados:

– É a primeira Hero... A Hero que morreu!

– Ela esteve morta, meu senhor, somente enquanto a infâmia viveu! – sentencia Leonato.

Frei Francisco, como mentor do vitorioso plano, sente-se obrigado a explicar o que aconteceu a Dom Pedro e a Cláudio:

– Todo esse enigma, senhores, posso eu esclarecê-lo... Quando os sagrados ritos estiverem concluídos, irei contar-lhes detalhadamente sobre a morte da formosa Hero. Mas, até lá, habituem-se com a nova situação... E vamos logo para a capela!

– Calma, frade! – Benedito, atordoado, detém-no. – Onde está Beatriz?

Beatriz avança:

– Sou eu que respondo por esse nome – ela diz, tirando a máscara. Teimosa, não facilita a vida de Benedito: – O que quer de mim, senhor?

– Como assim? – pergunta Benedito, temeroso. – Você não me ama, Beatriz?

– Eu? – ela se mostra cautelosa. – Não mais do que a razão permite!

– Nesse caso, vejo que seu tio, o príncipe e Cláudio foram enganados, pois juraram-me que você me amava! – ele provoca.

– E você, Benedito, ama-me?

– Eu? Não mais do que a razão permite!

– Nesse caso, vejo que minha prima, Margarida e Úrsula foram enganadas, pois juraram-me que você me amava! – ela devolve a provocação.

– Eles juraram que estava quase doente de amor por mim.

– Elas juraram que estava quase morto de amor por mim.

Benedito suspira e se mostra esgotado pelos infindáveis duelos de palavras travados por ambos:

– Ora, Beatriz, isso pouco me importa... Afinal, você me ama ou não?

– Na verdade, sinto uma enorme e amigável simpatia...

– Chega, sobrinha – Leonato a interrompe. – Eu estou seguro de que ama Benedito.

– E eu juro que ele a ama – Cláudio decide intrometer-se, abraçado a sua amada Hero. Puxa um pequeno papel: – Aqui está um soneto, meio capenga, é verdade, escrito de próprio punho... Mas é inteiramente de sua invenção, e foi composto em honra de Beatriz.

Hero corre até um móvel e tira um papel de dentro de uma pequena caixa:

– E aqui está outro, escrito pela mão de minha prima e que lhe roubei há poucos dias... Ela revela toda a sua paixão por Benedito.

Os semblantes dos dois teimosos amantes mostram-se inibidos e felizes.

– Milagre! As nossas mãos conspiram contra os nossos corações! – Benedito encontra ânimo para uma brincadeira. – Vamos, Beatriz, casarei com você, mas garanto que será só por compaixão.

– Fique tranquilo, não recusarei: em homenagem a este dia feliz, cederei. Faço isso movida pelos insistentes pedidos de nossos amigos, e também pelo desejo de lhe salvar a vida, senhor. Disseram-me que iria morrer consumido em suas tristezas...

– Silêncio! – Benedito grita, erguendo os braços em direção a Beatriz. – Vou fechar-lhe a boca com um beijo! – Agarra-a e dá-lhe um longo beijo, para delírio dos presentes, que os aplaudem.

Dom Pedro não perde a oportunidade:

– E então, como vai "Benedito, o homem casado"?

Abraçado a Beatriz, estampando um sorriso como nunca haviam visto antes, Benedito diz ao príncipe como se sente:

– Pensa que me incomodo com uma sátira ou uma ironia qualquer? Não! Se um homem se deixa abater por sarcasmos ou indiretas, então nada de proveitoso conseguirá para si. Em suma, já que estou decidido a casar-me, não darei importância ao que o mundo possa dizer. Assim, não ridicularizem as minhas contradições acerca do casamento. O homem é um ser inconstante, essa é a minha conclusão... – Volta-se para o conde e brinca com ele: – Cláudio, meu amigo, a minha intenção era espancá-lo até a morte, mas, como será meu parente, vou deixá-lo viver com todos os membros intactos! Só lhe peço uma coisa: ame muito minha prima...

– Bem, minha última esperança era a de que se recusasse a casar com Beatriz, para ter um pretexto e acabar com a sua vida de solteiro! Mas saiba que estarei de olho em você e peço a minha prima que o vigie de perto!

– Muito bem, muito bem... – Benedito vai até Cláudio e abraça-o, enquanto as primas sorriem uma para a outra, cúmplices.

Benedito pede licença ao frade e anuncia:

– Antes de nos casarmos, vamos dançar, para aliviar nossos corações e alegrar os pés de nossas mulheres!

– Dançaremos mais tarde, agora não! – pede Leonato, querendo ver a filha casada o quanto antes.

Mas já era tarde. Benedito correu à procura de Baltasar e outros músicos improvisados, arranjados entre os criados.

– Vamos dançar! Músicos, toquem, toquem a música! – E, vendo o príncipe solitário, aproveita para provocá-lo: – Está triste, príncipe? Que é isso? Arranje uma mulher, arranje uma mulher...

Os músicos esforçam-se e conseguem verdadeiramente animar o salão. São logo interrompidos, porém, pela chegada de um mensageiro, que, esbaforido, se dirige ao príncipe:

– Meu senhor, seu irmão Dom João foi detido enquanto fugia e, sob boa escolta, voltou a Messina!

Dom Pedro apronta-se para ir ao encontro do irmão, mas Benedito o segura, aconselhando-o:

– Senhor, não pense nele até amanhã. Eu mesmo terei o

prazer de sugerir um bom castigo para ele... Olhe só, chegaram alguns flautistas! Vamos, toquem, toquem!

– Vivam os noivos!! – alguém grita, vendo os casais recém-formados rodando no salão.

Leonato e Dom Pedro entram na dança, sentindo-se orgulhosos por haverem conduzido, com tanta destreza, aquele incidente amoroso no tórrido verão de Messina.

QUEM É LEONARDO CHIANCA?

Nascido em São Paulo, em 1960, Leonardo escreve textos de ficção para crianças, jovens e adultos. Dentre os títulos infantis, destacam-se *O menino e o pássaro* (Scipione, 1992), seu primeiro livro, *Os doze trabalhos de Hércules, A Ilíada, Moby Dick e Odisseia*. Por esta Série Reencontro adaptou *Romeu e Julieta* e *Hamlet*, ambos também de Shakespeare. Executou trabalhos diversos como roteirista de audiovisual, rádio, vídeo, cinema, além de atuar como editor.

"As possibilidades do universo do texto são infindáveis", lembra-nos Chianca. "Parafraseando o jovem príncipe Hamlet, 'há mais coisas no céu e na terra do que jamais sonhou a nossa filosofia', o que nos desafia à criatividade, à busca e ao desvendar de novos caminhos: 'Ser ou não ser, eis a questão!'"